U0681535

巴比伦 III

—终结—

[日] 野崎惑 著

王星星 译

台海出版社

◇ 千本樱文库 ◇

文库，原本是指收纳书物的仓库和书库，也指收纳书与记事簿，以及不常用物品的小箱子。以前者为例，京浜急行线的"金泽文库站"就是以前镰仓时代北条氏用来收藏汉书用的，"金泽文库"名字的由来便是如此。东京都的世田谷区也存在着收集着珍贵汉书的"静嘉堂文库"。后者则更多地被称为"手文库"。

江户时代以来，可以放入袖袂的小开本书籍逐渐流行起来，被称为"袖珍本"。明治三十六年（1903年），富山房发行了小开本的丛书，起名"袖珍名著文库"。随后，明治四十四年（1911年），讲述战国时代的猿飞佐助和雾隐才藏系列故事的讲谈社"立川文库"发行出版。讲谈是日本民间艺术，以口语化的方式讲述历史故事的形式。而"立川文库"则是将讲谈收录成册集中出版的丛书，据统计，当时刊行量为200册左右。从那时起，文库就脱离了原本的释意，逐渐演变成了现在的类书集丛。

文库说法借鉴了日本出版业界的传统说法。而千本樱源自日本奈良县吉野山樱花盛开的奇景，世人皆称"一目千本樱"来形容樱花美景。千本樱文库的纳入作品皆为日系作品，题材包括推理、悬疑、幻想、青春、文化等类型，正如千本樱满山盛开的绝景。

现代日本，以"文库"命名刊行的丛书系列有200种以上，所谓"文库本"只不过是统称而已。日本传统的"文库本"常用的是 A6 尺寸的 148mm×105mm，也叫"A6 判"。千本樱文库的所有书籍将在"文库本"的基础上提升，达到 148mm×210mm 的开本标准。追求还原的前提下，力图带给读者更清晰的阅读体验。

明治维新以来，日本文坛迎来了爆发期，涌现出了众多文豪级的作家。受到许许多多名作的影响，日本的出版社也从中受益，得到了突破性的发展。各家出版社为了传承文化、加强创新，纷纷设立了"文学新人奖"，用以发掘年轻作家。其中，老社角川书店在 21 世纪 90 年代初期设立了"电击小说大赏"，作为当今极具影响力的轻小说新人奖，每年都会吸引到数千件投稿。2009 年，"电击小说大奖"为了扩大受众群，专为成年人设立了"MediaWorks 文库奖"。

最初的"MediaWorks 文库奖"的作品是野崎惑创作的《映》，该系列也推出了多部作品。作者出道之时刚好是而立之年，他虽然是轻小说新人奖出身，写作风格却充满狂气。作品中的人物和剧情时常超出常理，完全超乎读者想象，素有"剧毒"之称。《映》系列完结以后，野崎惑转投日本最大的科幻作品出版社之一的"早川文库 JA"，推出其代表作《电子脑叶》，该作一举入围"第 34 届日本 SF 大奖"。野崎惑又写作了轻小说《你好，世界》，已被改编为动画电影。同期，另一部被动画化的科幻小说《巴比伦》受到更多瞩目，该作舞台设定在架空的近未来世界，是典型反乌托邦科幻。传统科幻作品中常见的道德、生命、自由的主题探讨，都在本作中有所表现。畅快的阅读快感之后，是直击灵魂的余味。

千本樱文库编辑部

本格

《巫女馆的密室》
《圣女的毒杯》
《哲学家的密室》
《衣更月一族》

《美浓牛》
《少年检阅官》
《宛如碧风吹过》

日常

《推理要在早餐时》
《会错意的冬日》
《喜鹊的计谋》

《午夜零点的灰姑娘》
《谷中复古相机店的日常之谜》

科幻

《电子脑叶》
《复写》
《蒸汽歌剧》

《巴比伦》
《里世界郊游》

悬疑

《千年图书馆》
《鲁邦的女儿》
《狂乱连锁》
《神的标价》

《恶意的兔子》
《癌症消失的陷阱》
《沉默的声音》
《死之泉》

轻文芸

《戏言系列》
《忘却侦探系列》
《弹丸论破雾切》
《这个不可以报销》

《天久鹰央的事件病历表》
《吹响吧，上低音号！》
《宝石商人理查德的谜鉴定》

千本樱文库

◉ 登场人物介绍

亚历山大·W.伍德	A 国总统
山姆·爱德华	翻译
泰勒·格里芬	国务卿
埃德蒙·朱利安尼	总统首席秘书
托马斯·布莱德汉姆	联合调查局局长
古斯塔夫·卢卡	F 国总统

奥托·赫里格尔	G 国首相
弗洛拉·洛维	B 国首相
卢西安诺·卡纳瓦罗	I 国总理
邓恩·凯瑞	C 国总理
富泽俊夫	日本首相

正崎善　东京地方检察厅特搜部检察官

痛苦解除条例 ／ 新域颁布的条例。肯定人类自杀的行为。

目录 CONTENTS

BABYLON

I

1

亚历山大·W.伍德是个谨小慎微的男人。

这一点自他幼时起便已初现端倪。亚历克斯[1]在兄妹三人当中排行第二，体弱多病，与强壮的哥哥沃伦形成了鲜明的对比。天气冷热稍有变动他就会感冒，空气稍稍干燥一些，他的喉咙就疼。亚历克斯动辄就发烧卧床，周末经常要去医院看病。

对年幼的亚历克斯而言，被病魔夺去时间是令人痛苦的一件事。上学时请假，学习进度就落了后；放假时卧病在床，就不能随心所欲地和朋友玩耍。可是，他生来体质孱弱，想治好并没那么容易。

于是，亚历克斯做了自己能做的一切。外出归家后，他会细致地漱口、洗手。但凡喉咙有一点点痛，他就会给房间加湿，戴上口罩。为了自己的健康，亚历克斯在卫生方面极尽小心，大大超出了年幼的孩子可以做到的程度，并且一直坚持到了现在。

亚历克斯所做的一切都源自能过上平凡生活的小小愿望，他付出的行动确实取得了显著的成效。尽管天生的病弱体质并没有从根本上

---

1 英文名"亚历山大"的简称。

得以改善，可通过改变卫生环境和生活习惯，亚历克斯卧病在床的次数以肉眼可见的速度不断减少。

平淡而健康的生活是年幼的亚历克斯凭借自己的意志与行动获取的奖赏，它的光辉强势地决定了亚历克斯的生活方式。

尽人事，到极限为止。

然而在周围人看来，亚历克斯行事常常超出正常限度，实际上也确实是过了度。年幼的亚历克斯为预防疾病采取的手段过于极端，以至于他的母亲担忧儿子滥用漱口水，反倒损伤喉咙，就临时把漱口水藏进了储藏室里。没找到漱口水的亚历克斯就像发疯了一样，在家里翻箱倒柜大半天，最后终于拿回了自己的漱口水。母亲目瞪口呆地说了这么一句话："漱口水又治不好你的病。"

正如亚历克斯的母亲所言，他的身体是永远都治不好的，一个不小心就会立马垮掉，不过，只要平日里处处留心，就能保持健康的状态。亚历克斯就像摸着石头过河一样，慎而重之地对待自己病弱的身体。他健康地活着，自己的谨慎获得了别人的肯定，于是这样的生存哲学愈发根深蒂固。

随着年龄的增长，在面对健康以外的其他种种时，亚历克斯也开始表现出过度的谨慎。学习中遇到了不懂的地方，他就要深入研究，直到完全弄懂为止。亚历克斯无法在一知半解的情况下进入下一步。即便对象换成了学习，若放任不安的萌芽，自身必遭反噬的经验之谈依旧不允许他"适可而止"。

这样的学习方法固然周到，却也令亚历克斯落于人后。与考试无关的知识都要逐一弄懂的做法导致学习效率过低，亚历克斯付出了大量的时间，成绩却仅仅止于中上游水平。亚历山大·W. 伍德就是这样一个谨慎而笨拙的孩子。

2

上高中的时候，亚历克斯的身体素质已经接近普通人了。他可以应付体育运动，但由于发育期里频频患病，他的身躯十分瘦小，虽能做运动，却感受不到其中的乐趣。于是，亚历克斯的兴趣自然而然地转向了室内活动。

升入大学，住进学生宿舍后，亚历克斯把几乎所有的业余时间都花在了计算机上。

那个时候，家用计算机刚刚开始普及，亚历克斯购买了一台在当时尚属十分昂贵的计算机，沉迷其中不可自拔。对容易长久地专注在一件事情上的亚历克斯来说，日新月异的计算机就像一座取之不尽的矿山。

亚历克斯从这个兴趣中获取的知识发挥了广泛的作用。各种软件技巧极大地提升了他的行事效率。此外，由于精通计算机，他成了老教授的好帮手，也很得教授的信任。帮人设置、操作计算机又是一项轻松的兼职工作。亚历克斯深爱着兼具趣味与经济利益的计算机。

考上研究生后，亚历克斯玩起了一个新游戏。"Explorer Online"（简称 EO）出现于互联网开始普及的时期，是网络 RPG 的开山之作。游戏背景是欧洲中世纪风的幻想世界，剑术和魔法盛行，世界观宏大无比。其世界体系每日都会在线更新升级，无数玩家可以自由编构故事，这种玩法使它成为一个没有终点的无限流游戏。亚历克斯没理由不爱它，游戏开服一年后，他就成了这个游戏里屈指可数的著名高段位玩家。

某天，亚历克斯在游戏里结识了一位初级玩家。刚开始，他只在闲聊间指点过对方一些玩法技巧，而那个初级玩家求知欲旺盛，频频向他请教问题，亚历克斯就带对方一起玩了一阵。亚历克斯的游戏水平和技术在全服首屈一指，不过他向来只在做任务的时候和其他玩家交流，像这样和某个玩家来往这么久，于他而言还是头一次。两人聊着聊着，得知彼此都住在 s 市，没多久，双方就约好了线下见个面。

亚历克斯事先已经知道对方是名女性。二十六岁的他还是个处男，要说对这次的线下会面没报任何期待，那是不可能的。亚历克斯在心中微微幻想过一些浪漫情景。不过，比起幻想，他还是更相信自己二十六年来的人生经历和判断能力。亚历克斯知道，一个体弱孤僻，二十六年都与风流韵事完全绝缘的男人，靠一次网络游戏的线下会面就能邂逅到命定之人的概率无限趋近于零。这是亚历克斯经过慎重分析后得出的结论，他认为，过度期待只会让自己受伤。亚历克斯决定不在穿着打扮上花什么心思，尽可能当作是和游戏里认识的同性网友见面就好。说到底，他只是和游戏里认识的朋友见个面，聊聊关于游戏的话题罢了，本来就没什么可多想的。两人见面的地点也很随意，就选在了一家甜甜圈连锁店。

亚历克斯在查尔斯河畔附近的甜甜圈店等待了一阵，不过当他看到不久后现身的网友艾玛时，立刻为自己的判断失误大感后悔。

艾玛身高五英尺七英寸（约一米七），是个毋庸置疑的大美女。除了模特，亚历克斯简直想象不出她还会做什么别的工作，这样的美女竟喜欢在网上熬夜打游戏，令亚历克斯有些不解。不过，这些都只是与女性往来甚少的他产生的错觉。艾玛不是模特，而是一名护士，她会在周末的深夜里连打八小时游戏也是无可争议的事实。

甜甜圈店一角的桌边，艾玛积极地聊起了关于游戏的话题。亚历克斯慌乱应对，感觉对方像是从大脑开始，一点一点地吞噬了自己。在五英尺两英寸（约一米五八）的亚历克斯看来，人人艳羡的高个子女性就像某种大型动物，无论他在游戏世界里强过对方多少，回到现实，真正的他一旦被人压制，就完全动弹不得。

不，现在说这个为时尚早，艾玛恐怕根本就没想过把自己当成猎物吧，亚历克斯想。他个子矮小，又戴眼镜，除了游戏、电脑、学习以外没有任何可取之处，真要吃进去，口感也就类似一条干瘪的蜥蜴而已。艾玛可选的珍馐美味太多了，不可能瞄上一条填不饱肚子的干鱼。

亚历克斯彻底畏缩起来，他回避着艾玛的视线，只一味回答对方问他的问题。艾玛的声音渐渐失了兴致，两人的会面已接近尾声。

出了甜甜圈店，艾玛一言不发地朝车站的方向走去，亚历克斯也一路无言地跟在她身后。下了哈佛广场站的缓坡，到了闸机口后，亚历克斯道了声再见。艾玛依然背对着他，什么都没说，没多久却突然转过身盯着亚历克斯。她往前走了一步，用清脆的声音说：

"我是来和你聊'EO'的。"她的声音里透着显而易见的烦躁，"你是我在 EO 里认识的朋友，和你见面当然是为了交流 EO。从约好见面的上周二开始，我每天晚上都在期待着今天的会面。一想到可以和你这种传说级玩家尽情地探讨 EO，我就激动得睡不着觉。睡不着的时候，我就一直开着游戏，我这周的在线时间绝对比你还长，可你今天却一直在想和 EO 无关的事情。"

在情绪的支配下，艾玛又往前走了一步。

"让我来猜猜你究竟在想些什么。今天的你和以往在线上聊天的时候相比，完全就像换了个人。你紧张发怵，畏畏缩缩，整个人都小心翼翼的，因为这和我们在游戏里的'形象'不一样。你看到我现实中的样子，心里感到自卑，受到了刺激，所以腿脚发软，坐立不安，别说聊天，你简直都忍不住想要逃跑了，对吧？"

艾玛的话无礼又露骨，却说中了全部事实，亚历克斯无言以对。

"我对我的外貌很有信心。"艾玛说，"父母给了我高挑的个子和一头红发，我觉得这是我身上非常有魅力的地方，我也一直在努力维持自己的身材。外貌是我宝贵的武器，仅仅是拥有这个武器，我就觉得非常安心。它会驱散我的不安。有了这个武器，我就能开拓自己的人生。"

艾玛滔滔不绝地说着，步步紧逼。受她的气势所迫，亚历克斯竟连后退都无法做到。没有任何武器的亚历克斯觉得，自己就像是游戏里被人狩猎的一只羊。

"你也有这样的武器，不是吗？"

亚历克斯愣了一下。

武器？

他思考了片刻，却没想出个所以然。看透一切的艾玛怒气冲冲，顶着一张涨红的脸，更加咄咄逼人地说：

"你可是传说级别的玩家啊！"

那天，她的第一声怒吼响彻四方，闸机口附近来来往往的人都看向艾玛。

"你的技术，以及你在游戏里达到的伟大成就，全世界无人不知！你构思的绝妙攻略改革了公会的战斗方式！你发现的达斯塔矿脉孕育出了新的城市！你一直独自探寻着别人不做，甚至都想不到要做的事，不断开拓出更大的世界！"

艾玛呼喊着，情绪越来越激动，最后终于流下了大滴大滴的眼泪。亚历克斯除了慌乱还是慌乱。

艾玛所说的怪兽攻略法与发现矿脉确实是亚历克斯办到的事，可亚历克斯并不是凭借高超的游戏技巧达到的这些成就，它们只是亚历克斯天生认死理的游戏风格带来的偶然性结果。亚历克斯并没有构思出打败怪兽的方法，他只是一直在不管不顾地挑战怪兽，直到成功为止而已；他也并非有意探索矿脉，不过就是挖遍了每一座山头，想试试看能挖到多远罢了。亚历克斯并不觉得自己做的事有多伟大，他甚至认为，自己就是个典型的废人，在游戏上耗费了太多不必要的时间。然而艾玛对他的评价却与亚历克斯的认知恰恰相反，这让亚历克斯非常混乱。

"抬头挺胸！"

军令似的号子从艾玛嘴里蹦出来，亚历克斯下意识地摆出了听令的姿势。

"你有不输给任何人的武器。不管别人怎么说，你就是个有价值的人！我认同你的生存方式！你太过否定自己了！"

艾玛揪住亚历克斯的领口，脑袋凑近亚历克斯，用仿佛要将人拆吃入腹的气势宣称道。然后，她真的咬上了亚历克斯。十几秒的激情接吻结束后，艾玛的嘴唇从亚历克斯唇边离开，鼻子里发出了"嗯"的一声。亚历克斯思考完自己信奉的哲学，开口说：

"与男人接吻这么重要的事，还是慎重思考后再做为好……"

"我一向凭直觉行事。"

艾玛的话令亚历克斯难以置信。就算两人在游戏上打了无数次交道，亚历克斯怎么也想不到艾玛会突然在车站给初次见面的人来个热吻，他自己也完全没想要活成艾玛这个样子。

可是，如果自己在想和艾玛接吻的时候，依然如同往常那般一步步慢慢试探，或许永远都实现不了自己的念想，又或者，自己将为此耗费漫长到恐怖的时间。这么看来，艾玛草率的决定也许具备着某种优势，也可能并没有这回事。目前信息不足，还不能判定哪种方式更加正确，接下来要花时间慎重考虑考虑，亚历克斯想。

八年后，艾玛成为亚历克斯的妻子。亚历克斯用了八年的时间深思熟虑，然而直到结婚当天，他依然不觉得自己完全想透了这个问题。

直到现在，亚历克斯依然在思考和与自己截然不同的艾玛结为夫妻是不是正确的选择。

由于工作关系，亚历克斯离开熟悉的 s 市，搬到 h 市已有三年。

亚历克斯四十七岁了，他和妻子艾玛，以及儿子奥利弗组建了一个虽小却像模像样的三口之家，奥利弗也健健康康地长大了。对于与妻子艾玛之间的关系，说实在的，亚历克斯并不敢断言两人相处得很好，艾玛依然如初见时那般难以捉摸。从交往到婚后，亚历克斯完全不清楚两人之间究竟合不合拍。不过，只看结果，他们如今依然维持着夫妻关系。亚历克斯唯有断定，两人的关系从表象上看还是十分和睦的。总之，亚历克斯现在的人生并没有出现什么大的变故。

话说回来，亚历克斯一直就觉得自己的人生里几乎没有出现过什么足以称之为重大变故的事情。

不过，这说到底只是亚历克斯自己的主观想法。在身边的人看来，亚历克斯的人生可谓多灾多难。只要认真面对人生中的问题，就必然可以找到解决方法。知道方法后，只要慎重地采取措施，就一定可以解决。所以，真正困扰亚历克斯的大抵都是时间。有些时候，亚历克斯无法在时间用尽前彻底想清楚，或是找出解决办法。然而即便碰到这种情况，但凡理解了问题的本质，他就能吸取教训，谨防下一次的挫败。成功也好，失败也罢，如果已经完美地分析、理解了它们，那对亚历克斯来说，这些就构不成问题，也不会让他觉得艰辛。因此，无论从前还是往后，真正困扰亚历克斯的人生问题，也就只有妻子艾玛而已。

话虽如此，亚历克斯也不可能把自己分析、探究问题的心思一味用在家庭上。亚历克斯有自己的工作，再说了，辛勤工作，维持家庭生计也是得以长久地探究家庭内部问题的前提条件。

亚历克斯待在自己的房间里看报纸。由于工作需要，他每天都要浏览好几份报纸。要是时间允许，亚历克斯真想细细看遍报纸上的每一个字句，然而要是真这么做了，一天的时间也就过去了，他只能压抑自己的渴望。

看完第四份报纸上的股市专栏，亚历克斯合上报纸，迎头瞄到了占据整个版面的大篇幅报道，写的是和先前浏览完的三份报纸一样的重磅新闻。更确切点来说，这一个月以来，报纸的头版报道的尽是这则新闻，要么就是与之相关的事件。亚历克斯皱着眉，换了份报纸。第五份报纸也用整版报道了同样一件事。

　　F国l市　宣布实施新条例
　——世界上第三个制定痛苦解除条例的城市

看完网站上的新闻报道，非裔A国男人关掉了平板。男人的年

纪约有四十来岁，包裹在高级西装里的黑色身躯精干有力，不过肌肉并不突出。身躯的主人不是军人，而是一名文官。

"轮到 F 国了啊。"

A 国国务卿泰勒·格里芬淡然低语道。他透过车身的防弹车窗，漫无目的地注视着一闪而逝的首都街景，大脑有序地分析处理着从 F 国这个词联想到的其他相关信息。

"时机正好。"

邻座的金发男人出声应和道。泰勒的下属尼克想尽力想上司之所想，为上司出筹划策。

"F 国的自杀率本来就高。现在 F 国社会安定，国民无所事事。人只要一闲下来，就干不出什么正经事了。"

听到下属从旁进言，泰勒嘲弄地笑了。"要说自杀率，我们也快追上 F 国了。"

"是这样吗？"

"最近二十年越来越高。再说，F 国人又不是闲得无聊才闹自杀，主要还是因为工作压力大。"

"明明一周也就工作三十五个小时啊。"

"工作时间缩短了，利润目标可不会跟着变少。劳动者要被迫以其他方式填满每周缺失的五个小时的劳动成果。'不许工作，但你要拿出成果'，上面的人给劳动者施加这种压力，当然会产生反作用。压力内化了，就是精神病，外化了就是暴力。是逼迫自己，还是逼迫他人，这种必须二者择一的局面，是致使 F 国成为七国中自杀率排行第二的重要原因。"

"您了解得真详细。"

"自杀现象如此盛行，不管你愿不愿意，总得被迫看一些相关资料。"

泰勒不耐烦地说。这一个月以来，他每天都会看到"自杀"的字眼。

"这是我出生以来见识过的最没品的潮流了。"尼克语气轻松地说，"流行日本料理那还好说，如果这个东西真的定下来了，确实是个大麻烦。"

"F 国那边什么情况。"

"正在调查。要申请电话会谈吗？"

"嗯。卢卡打的是什么算盘呢……"

泰勒眼前浮现出 F 国总统古斯塔夫·卢卡的那张脸。卢卡以二代移民的身份，一路爬到了 F 国最高权力的宝座上，实力不容小觑，不过另一方面，这人又时常因为不当发言引发争论。

"卢卡总统没想鼓动人自杀吧。"尼克神情严肃地说。

"哦，何以见得？"

"要是准许了自杀行为，女性的数量就会减少。"

泰勒再次想起离过两次婚的卢卡的面容。卢卡两任妻子都是年轻漂亮的姑娘。他从不掩饰男人喜好女色的本能，他很清楚，这是与现行社会的根基密切相关的一大要素。尼克说的确实在理，"因为女性会变少，所以自杀不好，你说这话时的表情还真是一本正经啊。"泰勒又一次笑了。

汽车在宾夕法尼亚大道上一路前行，驶入了 1600 号地块。

5

20 世纪，A 国正处于第二次独立战争的浪潮当中。布莱登斯堡之战里，以民兵为主力的 A 国军队被经验老到的 B 国军队打败，B 军顺势入侵了 A 国首都 h 市。

占领 h 市后，B 军毫不留情地纵火烧毁了政府建筑。不久前才刚刚落成的建筑被焚烧殆尽，只余下石材修建的外墙，幸存下来的外墙也被煤气熏染得黢黑。三年后，原建筑才得以重建，烧焦的外墙被漆成了漂亮的金色。

自那以后，这栋建筑就被称作"金色大楼"。

走廊两边，与外部装修同色的墙面上挂着名留 A 国历史的照片以及人物肖像画，泰勒·格里芬穿行其间，走向金色大楼西侧。

金色大楼西面，被称作西翼的片区是 A 国政府核心人员的常驻办公区，内部设有以副总统为首的主要领导人办公室，用于举办会议的内阁会议室，以及用于会见记者的新闻发布室等。A 国的重大决议正是在这里成形，应该说，这里就是政府的心脏。

泰勒在弧形走廊上拐了个弯，径直走上一条贯通东西方向的道路。走到金色大楼西南角的房间门前，泰勒敲了敲木制的大门，随后走进房间。

办公桌前伏案工作的白人男子抬起头来。男人有一头白发，鹰钩鼻，下垂的脸颊透露出老态。这名六十多岁的老绅士认出泰勒后，傲慢地挥了挥手。

"你来了。"

总统首席秘书埃德蒙·朱利安尼摘下老花镜，嫌麻烦似的擦拭起来。

泰勒坐到首席秘书办公室的沙发上，跷起二郎腿。埃蒙德又戴上老花镜，开口问道：

"你是说 F 国？"

泰勒点点头。

"l 市。这座城市距离巴黎有三小时车程，分布着众多大学和研究机构，约有十五万人口。"

"也不是很大嘛。"

"和'Shin-iki[1]'比确实不大。"

"总之，是得举行一次电话会谈。"

"已经谈过了。"

"行动力不错。话说回来，我看这件事也用不着那么急……"

"这是个敏感事件，我不希望让国民以为政府不重视这件事。"

"人总归是要死的。"埃德蒙从容地说，"对这种事态度敏感，那就没办法坦然接受自己变老喽。"

泰勒嘴角往上扯了扯。埃德蒙故意摆出一副退休老人的架势，实际上根本还够不上衰老的年纪。

1　Shin-iki：日语中"新域"一词的发音。

埃德蒙·朱利安尼是 A 籍 I 裔，法学博士出身，还在陆军部队服过役。虽说参过军，可他那时担任的是情报官，服役时间也很短，因此身上并没有太多军人的特性。如今，六十一岁的埃蒙德已经是个中老年人了，皮肤松弛得厉害，要是把他和泰勒放在一起，恐怕谁都会误以为泰勒才是那个当过兵的人。

然而，体力虽已不济，他三十多年来在内政上积累起来的狡狯却没有衰减。如今的埃蒙德任首席秘书一职，在政策一事上依旧有重大影响力。

对小了埃蒙德十五岁的泰勒来说，埃蒙德那老奸巨猾的样子让他感到既可靠又危险。风云诡谲的金色大楼里，所有职工都是团队的一员，同时又都是奉行利己主义的个体。政权运转过程中，一旦工作上出了差错，上一秒还是同伴的人往往在下一秒就会变成你的敌人。在这样的环境下，聪明人都懂得谨慎行事。

不过，正因为足够聪明，大家彼此之间也十分清楚，互相攻讦是毫无意义的举动。目前，国务卿泰勒与首席秘书埃蒙德就维持着足以称得上良好的关系。

"第二个城市是哪儿来着？"

埃蒙德以闲聊般的轻松语气问道。

"C 国的 r 市。"

"是个大城市。"

"约有四十万人口。"

"'Shin-iki'的人口数是两百万……"埃蒙德刻意伸出指头数数，

"也就是说，现在全世界有两百五十万人可以自由选择死亡。"

这话说得人心里发毛，然而就事实来说，也只能如此解释了。

泰勒再次点点头。

痛苦解除条例。

它是一个有关自杀权利的条例，以法律之名公开认同自杀行为。这项制度大幅度脱离了已为世界所用的安乐死、尊严死，无条件地准许人类实施自杀。

日本的新行政区新域颁布的这项新条例，与其轰动的内容互为推力，瞬间成为世界性新闻。六十四人同时自杀、地方议会选举对条例给予的"肯定"等，一桩桩事件在海外也得到了媒体的大幅报道。

然而那个时候，海外对此仅仅抱着"隔岸观火"的态度。得知日本确立了痛苦解除条例后，海外的自杀人数也曾出现过短期增长，可与日本国内的增长率相比，海外可算微乎其微，当地政府只把它当成了可以忽略不计的小小误差。

日本以外国家的众人只当自己在隔着玻璃箱看实验——大洋彼岸的国家发生了件稀罕事，要是有什么动向，媒体应该还会再报道。

然而一周前，事态发展到了一个新阶段。

八月六日。

这天距离新域议会选举已过去了三周。C国某省省长肖恩·曼西尼宣布，将在r市地区的城市圈内实施痛苦解除条例。

与新域推出该条例时一样，r市的这一举措同样来得毫无征兆。肖恩·曼西尼推出的条例内容根据当地情形做了微调，可基本上还是

和新域一样，颂扬"无条件死亡的权利"。生活在 r 市的四十万市民突然之间就被赋予了自杀的权利。

C 国联邦政府与 C 国国民陷入了混乱。一周过去了，混乱还在持续。r 市城市圈里的自杀者急速增多，突然之间就从旁观者变为了当事者的市民们被迫思索起自杀是对还是错的问题来。

眼下，r 市的地区评议会组织里，宣布推行痛苦解除条例的市长曼西尼正与十六个评议员各抒己见。

A 国政府也针对邻国的政治事件展开了独立调查，递交到国务卿泰勒这边的报告内容并不乐观。

情报显示，r 市的十六名评议员中，超过半数的评议员都对实施条例持肯定态度。

"是敢为人先呢，还是单纯的蠢笨呢？"埃德蒙讽刺地说，"不管是哪种，这都是一群了不起的开明人士啊。"

"照这样下去，新条例可能会在郡一级别得以确立。"

"联邦议会什么态度？"

"联邦表示反对，他们在前天的电话会谈里明确了态度。"

"刚缓过一口气，这次又轮到了 l 市。"

"没时间休息了。"

泰勒深深地吐出一口气。最近几天，他的睡眠时间大幅减少。国务卿是 A 国的外交首领，涉及国外的一应事项都归国务卿处理。一周内有两座城市推行了条例，这样的异常情形轻轻松松搅乱了泰勒的日常工作与生活。

"我们必须尽快给出对策。关于相继推行痛苦解除条例的两座城市的相关信息还不够详尽。"泰勒拉开腿，躬下身子，两手交叠在身前。他看着埃蒙德的眼睛，寻求埃蒙德的意见，"这两座城市为什么要推行那样的条例呢？"

"嗯……"

埃蒙德噘起下嘴唇。这是他陷入思考时的习惯性动作。

"两座城市内都分布着许多大学。r市有达尔豪斯大学、圣玛丽大学、国王学院大学。l市有l市大学、l市政治学院，还有电子信息技术研究所。"

埃德蒙朝向虚空历数两座城市的相关信息。他刚刚的样子看起来就像是在发呆，不过泰勒知道，这也是埃蒙德思考时惯用的姿势。

"学术氛围浓厚与条例的颁布有关联？"

"我不知道啊。不过,这至少说明当地居民有一定的自我偏好吧?擅长学习的人说不定更容易产生自杀倾向呢。"

"我不认为亲近死亡是聪明人做的事。"

"动物是不会自杀的。"埃德蒙低声说，"连孩子都知道，智慧与死亡来自同样的本源。"

泰勒无言以对。他知道埃蒙德并不是正儿八经地说出的这番话，他自己也不是那种依托宗教寻求真理的人。然而自幼便已深谙于心的那则故事，在一定程度上影响着信奉基督教义的泰勒。

人类偷食禁果后得到了两样东西。

智慧。

死亡。

"有什么好处呢？"泰勒理清思绪，开口问道，"对城市，对当权者来说有什么好处呢？"

"好处嘛……从城市层面看，会创造更多收益吧。这可是当今世上仅有的三座实施痛苦解除条例的城市。"

"意图自杀的人会迁入这些城市？"

泰勒开始在大脑里思索起出现这种情况的可能性，人口增长是最直观的城市收益。

"可那些都是准备自杀的人，就算去了，也是去寻死的。"

"总会有一些并非急于求死的人。自杀自由化之后，安乐死也就不受限制了。一些希望在临终前借助药物的作用消解死亡痛苦的人会迁入那些城市。在任意时间里毫无痛苦地死去可是人一生中最好的'保险'呢。"

"是这么个道理……可人类真的能如此积极地面对死亡吗？"

"时代变了，人们的感性也会变。就在不久前，无痛分娩还不受大众认可呢。"

泰勒哑口无言。无痛分娩和自杀可以相提并论吗？他对此有所怀疑，不过必须承认的是，人们天生就会追求轻松。倘若有的城市准许无痛分娩，有的城市禁止无痛分娩，那么人口将流向哪边呢？答案显而易见。

"当权者会得到什么好处呢……名誉、权力、财富？"

"现实中情形不是恰好相反吗？这两座城市的市长正因为宣布实

施条例饱受非议。"

"今后的形势会如何发展还犹未可知呢，那帮家伙至少也会坚持到放上筹码的一刻。离得稍远点就无人知晓的地方政治家们已经参与了这广受世界瞩目的轮盘赌局，他们觉得有豪赌一把的价值。"

"结果是吉是凶呢？"

话说出口，泰勒又重新意识到，这并不是吉或凶的问题。至少他现在的感觉是，当权者的胜率怎么都不可能有五五分。

"那么……"

埃蒙德的脸上依然没有任何表情。他转着桌上的镇纸，就像是在把玩硬币一样。

"A 国又该走哪一条路呢。"

6

亚历克斯左手的五根手指灵活翻飞在十五个按键上，屏幕里生起一小股火柱，形如恶魔的怪兽倒在了地上。光标点在怪兽的尸体上，迅速收取了怪兽掉落的道具。

亚历克斯在左撇子专用键盘上按下一键，打开了回城的传送门。转移到安全地带后，他微微吐出一口气，看看时间，已经是凌晨一点了。

四分之一个世纪过去了，如今的亚历克斯依然还在玩始自学生时代的 MMORPG 游戏 "Explorer Online"。

当然，他花在这款游戏里的时间比起过去已经大大缩减了许多。

亚历克斯早过了熬夜打游戏的年纪，他的身体已经不那么年轻了，不过更重要的原因还是在于社会对他的约束。对一个有家有业的四十七岁男人来说，游戏的优先级必须排到后头。

亚历克斯白天要工作，晚上也有晚上的工作，工作做完了就要花时间陪伴家人。他得和妻儿交流，完成家庭给予自己的所有任务。等到夜深人静，他才好不容易迎来自己的私人时间，然而这种时候往往还伴随着其他一些优先于游戏的事情。近几年来，亚历克斯玩游戏的时间次次都不超过一个小时。在一天即将结束的最后一点空隙里登录游戏，玩个十几分钟后再退出，就是亚历克斯如今玩游戏的方式。

他无法参加游戏里的大型活动，也几乎没怎么接触过每天都在更新的新元素。对执着于钻研事物的亚历克斯来说，这简直就是难以忍受的痛苦。可是，放弃探究，永久退出游戏，又会令他的痛苦更甚。不知何时才会有足够的时间玩游戏，一旦时间足够，我一定要玩遍它——这种报复式的想法如今依然把亚历克斯与"Explorer Online"紧密联系在一起。

这天，亚历克斯侦察敌情时顺便在新开的地下城入口附近打探了一番，然后才回到基地城市。以亚历克斯的装备来说，接下来多多少少会是一场苦战，不过攻略目标应该不在话下。组团打怪效率更高，可召集伙伴也要花费不少时间，还是能够自主控制游戏时间的单人作战更适合他。就亚历克斯的性格而言，一个人默默打游戏并不痛苦。

时间已是凌晨一点，城里依然看得到许多玩家的身影。对上班的玩家来说，深夜就是他们的集合时间。街上的银行据点前，几十个玩家聚在一起聊天，离得近的能清楚看到他们聊的话题是什么。

"自杀。"

最近广受瞩目的这个词在某个玩家的聊天框里闪了过去。

世人如今正因这个阴暗的词汇沸腾不已。这股热潮当然同样波及了亚历克斯身边，他也被动地思考过这个问题。不过，亚历克斯自己其实并不讨厌思考自杀，探究这类答案缥缈的哲学命题反倒是他深爱的行为之一。

只是，作为一名已经能够明辨是非的"成熟大人"，他心有芥蒂，无法兴致勃勃地触及自杀的话题，而"EO"正是一个理想的讨论场所。

亚历克斯走到发起自杀话题的玩家角色身边，打了个招呼。对方转过九十度，正对着亚历克斯的游戏角色。

"天啊！是'AWW'！"

"AWW"是亚历克斯的角色名，根据他真名的首字母起的。亚历克斯虽已退居二线，可知道这名传说级玩家的人依然不在少数。被亚历克斯搭讪的玩家兴奋不已，接连不断地打出聊天信息。看对方这个劲头，估计还是个十几二十来岁的年轻人。

"你们刚刚在聊自杀吧？"

等对方的激动劲稍稍过去，平静下来后，亚历克斯说出了自己主动搭话的理由。

"痛苦解除条例？"

"嗯，刚好看新闻在播。"

年轻的游戏玩家语气很随意。游戏世界里，大家都不清楚彼此的年龄和性别。当然了，对方大概能推测到早期玩家AWW比自己年长，可当下这个场合并不需要刻意讲究礼仪。在男女老少都以角色形象示人的游戏里，大家可以抛开现实里的忌惮畅所欲言。

"你怎么看？"

亚历克斯自在坦然地问道。

"我爱我的家人，我也不想死。"年轻的玩家说，"可是，信誓旦旦地宣称任何人都绝对不能死也是不对的。"

"确实如此。"

亚历克斯发出了实实在在的感叹。对方的想法有年轻人的风格，说不上好或是坏，总之足够理智。对亚历克斯来说，能够听到这种意见的场合实在是太少了。正因如此，上线才成了一件趣事，就算好不容易挤出了一点时间，亚历克斯也要登录游戏，他觉得这是有价值的。

"你怎么看？"

亚历克斯思考片刻，打下了自己的想法：

"不知道。"

"还在斟酌吗？"

"嗯，我得再想想。"

"也对，这并不是立刻就能给出答案的简单问题。话说回来，要是没有死罚的话，那怎么死都没关系了。"

"死罚"是"死亡惩罚"的简略语，指游戏里的角色在死亡时遭受的损失。如果角色死亡时财产和道具减少，玩家就会尽力避免死亡。

反之，如果死了也没什么损失，玩家有时就会基于战略，刻意让角色死亡，或是主动寻死。

年轻的玩家突然诵出咒语，一团火光出现，燃烧了玩家自己。玩家的体力值变为零，角色人物成了一具尸体。然而过了还不到二十秒，复活的人物再度出现在屏幕上。角色人物回到原先所处的位置，搜走尸体的道具，重新变回了死亡前的样子，没有受到死亡惩罚。

年轻的玩家带着开玩笑的心思，朝亚历克斯摇了摇手，就像是个变戏法成功的魔术师一样。亚历克斯也摇摇手以示回应，没多久就下了线。

"新条例啊……"

亚历克斯面朝书房的阴影处，小声念叨了一句。

他感觉，在开始探索这个问题以前，自己还需要了解很多别的信息。

"现在，我们正在推动党内调整……"

泰勒·格里芬淡漠地盯着电话听筒。在无意义的借口上死死纠缠，为之焦躁不安是无法胜任国务卿这一职务的，可一听到日本人生硬的英语，他就感觉自己受到了对方的愚弄。尼克坐在国务卿办公室的沙发上，一脸苦笑。

"外务大臣，"泰勒对着电话提问道，"日本政府内部调整完毕

后，将随之着手'新域'解体一事，我可以这样认为吗？"

"不是，本次调整也会探讨最终的处理意见……党内对于新域构想的责任归属一事意见纷纭，还需要一些时间达成统一。"

泰勒小声咂咂嘴，没让声音传到另一边去。

"不好意思，我这边来了个紧急电话，对不起。"

"啊，没关系，我才应该不好意思。"

"我过几天再和您联系，继续谈这件事。"

泰勒按下挂断键，向后靠在了椅背上。

"日本外务大臣说目前正在调整。"泰勒回到原先的话题，"实情如何？"

"新域已经完全脱离了日本政府的掌控。"

尼克来回观看笔记本电脑屏幕和手边的文件，边看边解释道。国家情报局已经递交上了比电话那端的外务大臣给出的答复详尽得多的情报。

"设立新域的综合计划叫'新域构想'，原本就是个暗藏众多不合法因素的项目。牵连其中的一帮国会议员现在都心惊胆战，害怕败露自己的渎职证据，而这些证据掌握在新域域长斋开化手里。他们想摧毁新域，以求安稳，可一着不慎又会殃及己身，以至目前完全不敢轻举妄动。"

"再怎么等，形势也不可能好转。"

"即便如此也要继续等，这就是日本人的特性。比起加分，他们更在意减分。如果做某件事会让自己减分，他们会选择什么都不做，让自己不加分也不减分。"

"这就是他们的'知耻文化'吧。"

泰勒以手托腮,大脑快速转动起来。抱怨对方难缠起不到任何作用,他得好好想想实际的处理办法。

"日本政府有没有可能转到我们的敌对立场上去?"

"不会,他们没有驾驭形势的政治手腕和魄力。内阁总理福泽手下的全体成员都期待尽早平复本国掀起的这场混乱,他们应该极其希望得到我们的援助,之所以没有明说,大概是想竭力压低求援导致的利益损失。所以……"

"他们快承受不住压力了吧。"

尼克微笑着点点头,脸上带着给自己的领导提供了所需情报的满意神情。泰勒把日本政府从大脑里剔除了出去。已经解决的问题就没有必要一直占据大脑内存了。为读取下一个新问题,他转而看向办公室墙上挂着的一块白板。尼克也看向同一方向。

白板上贴着日本东京西部的地图,上面有用红笔圈出的一串字符。

"Shin-iki。"

"哎呀,"尼克语气随意地问,"您打算怎么办?"

泰勒没有回答。说实在的,无论是从 A 国国务卿的立场,还是从他的个人立场来看,他都不确定要采取什么样的应对措施。

可新域推出来的是"思想"。

思想、观念之类的无形之物是最难处理的。子弹打不中思想,它不是使用军事力量即可轻易歼灭的对象。

没有任何军事力量的地方自治体新域，仅凭思想就能与世界对立，简直是甘地式的不战而胜做派。世界上已有两座城市对新域的思想表露出了赞成的态度，泰勒尚未找到应对如此对手的方法。

然而即便如此，只要它给世界带来了恶劣影响，A 国政府都必须与之斗争。

至少眼下，泰勒个人是把痛苦解除条例看作恶行的，这是他基于自身的理性思考得出的结论，同时也是他的宗教背景指向的答案。

有几个瞬间，泰勒试图思索绞杀思想的方法。他甚至都不知道这样的方法是否真实存在。

85

这天，亚历克斯下了班，带着儿子去打保龄球。保龄球是体格不好的亚历克斯也能正常玩转的运动项目之一（至少看起来是这样）。不过，它也只是亚历克斯在"所有运动中尚能达到一般水平的项目"，勉强玩到了平均能拿一百分的程度，打得好的时候也就一百二十来分。

哗啦啦的声音响起，八个球瓶倒了下去。计分显示器的第七个方框里亮起了数字八，总分是九十。亚历克斯点头"嗯"了一声，分数不错。

"该我了。"

儿子奥利弗紧接着抱起了保龄球，十二岁的奥利弗选择了十四磅重的球。亚历克斯觉得这个重量对孩子来说负担太大了，而奥利弗自己却没显出多吃力的样子，轻巧地把球投了出去。亚历克斯投的是

I

十二磅重的球，因为重量太大，投完后肌肉都是疼的。

奥利弗稳稳地扔出保龄球，打倒了十个球瓶，计分器上显示出"最佳"标记。

"太好了！"

奥利弗喜不自禁地跑到父亲跟前。亚历克斯与他互拍胳膊表示庆贺，心里却觉得了无生趣。对着还是小学生的儿子，他幼稚地生起了想要一决胜负的念头。可实际上，比起平时就不怎么运动的亚历克斯，每天都在当地的运动俱乐部里挥汗如雨的奥利弗确实更加擅长运动。他一开始还是跟亚历克斯学的保龄球，现在的平均水准早已超过了亚历克斯。

轮到亚历克斯了，他鼓足劲投出了保龄球。两个球瓶随之倒下，这是他第八栏的成绩。投完球，亚历克斯方才发觉自己全身紧绷。他吐出一口气，在儿子身旁坐了下来。

"学校生活如何？"

"挺好的。"

"篮球练得怎么样了？"

"有点像球队的替补，我想快点当上正式队员。"

"学习也要抓紧啊。"

"遵命。"

奥利弗像在开玩笑一样，不过亚历克斯知道，他是真的把自己的话听进去了。

奥利弗上的是离家十五分钟车程的城区私立学校，教学水平很高，

只有在入学考试时拿到 IQ 测试高分的孩子才有资格进入。学校还有完善的跳级制度，通往名牌大学的道路一片敞亮。在这样的环境下，奥利弗同时兼顾着篮球与学业。

亚历克斯看着儿子想，奥利弗无疑是一个擅长学习的孩子，更重要的是，他头脑灵活，天生就很聪明。这是令亚历克斯憧憬的一项能力。

尽管心有不甘，亚历克斯还是得承认，儿子确实比自己机灵。每当看到奥利弗，亚历克斯总会为自己认死理的一面没遗传到儿子身上感到庆幸。

球咚咚咚地传了回来，接下来轮到奥利弗了。

就在这时，亚历克斯的手机响了，屏幕上显示出艾玛的名字。亚历克斯看着屏幕的同时瞄了眼时间，脸上露出一副完蛋了的神情，而后接起电话。

"玩得怎么样？"

亚历克斯哆嗦着回了句"也就那样"。

"奥利弗在外面待得太晚了。"

"嗯，是，我知道了。"

"我看你一点也不知道……"

艾玛声音冰冷得不像是在对着自己的丈夫讲话。

"快点回来。"

"好的。"

亚历克斯挂断电话，着急忙慌地鼓捣着操作板，强行终止了进行到半途的比赛。"就剩两轮了！"奥利弗抱怨了一句，然而现在已经不是玩保龄球的时候了，要是不尽快赶回去，上帝对自己的恩赐说不定就要被夺走了。

9

八月十八日。

这一天，A 国各处都是晴天。首都 h 市的国民公园球场预计于下午一点零五分举行天使队与国民队的跨联盟赛。气温从早晨起开始攀升，流动小吃车的老板早早就在担心冰激凌三明治供应量不足。

"什么？"

国务卿办公室里，泰勒对着手机反问了一句。他早已预料到会出现这种情况，却还是忍不住又问了一遍。他心里想着有可能发展到这一步，同时却又在冥冥中坚信这种情况必定不会出现。

切断通信后，泰勒立刻用桌上的固定电话联系了秘书。

"我要去金色大楼，替我取消上午的安排。"

车辆很快就备好了。五分钟后，泰勒从国务省转移到了金色大楼。

泰勒疾步走在金色大楼西翼的走廊上，恰好迎头碰上了从内阁会议室里走出来的埃蒙德。

"来得挺快啊。"

"情况如何？"

"真是够突然的。"埃蒙德摇了摇头，"事先一点征兆都没有，国家情报局也没有掌握任何情报。"

两人并排行进，目的地在同一个地方，向来步调闲适得犹如大型动物的埃蒙德也不禁调快了步伐。

泰勒的大脑度过了最初的混乱期，终于开始正常运转了。目前虽然还没得到情报，他也得先按轻重缓急的顺序行动起来。

"应对媒体还是按之前的那样来。"

"只要不失言，说什么都无所谓了。现在方针还没定，大概也没什么好说的。我先和你通个气，我们这边还需要不少时间，'思想家'的诨号可不是说说而已的。"

"需要多久。"

"前所未有的久。"

呈九十度圆弧状的独特走廊的正中央立着一扇白色的门。泰勒敲了敲，推开门和埃蒙德走了进去。

门关上后就成了墙面的一部分，门的背面与室内的墙面装修完全一致，从室内看过去简直就像是墙上安了个门把手。

房间呈圆形格局，不是正圆，而是微微的椭圆，像一个鸡蛋。房间北面砌了个白色大理石的壁炉，上面挂着幅肖像画。肖像画对面铺着白头雕图案的地毯，再往前是一张厚重的办公桌。以办公桌为中心，桌边的人能隔着同等距离与进入房间的众人交谈，格局设计成蛋形就是出于这个考虑。

这间房叫"椭圆办公室"。

泰勒看向坐在办公桌前的房间主人。男人深深地陷进座椅里，手肘支在扶手上，以掌托腮。如眼前所见，这个思虑颇多的男人正在思考着什么。

"总统。"

泰勒唤了声正在思考的男人，他知道消息已经传到了这里，可还是忍不住又汇报了一遍。

"t 市……"

泰勒说出了 A 国国内第一座推行条例的城市名字。

"嗯。"

男人简单应了一声，放下手掌，调了调眼镜的位置。

这个矮小又近视的体弱男人无喜无悲，仅以淡漠的表情道出了事实。

"这是第四个了……"

A 国总统亚历山大·W.伍德一直都在思索"自杀"这件事。

BABYLON

II

1

细长形的房间里摆了张细长的会议桌，二十几个中年人围坐在桌边。年轻的工作人员坐在外围，亚历克斯总统则坐在朝向有窗墙面正中央的"上座"上。

针对 t 市宣布推行条例一事，金色大楼西翼的内阁会议室里正在召开紧急会议。

"人口数量约为十二万五千人。"

监控小组的情报分析负责人正向与会众人介绍情况。

"这只是当地的居住人口数，市区的活跃人数有一百二十万。t市是借助海湾贸易发展起来的，很多从事贸易风险业务的保险公司都把机构设立在那里。t 市现在被称作'世界保险之都'。请看第三页。"

与会人员翻到了简报第三页，上面是一张照片，照片里的男人肤色稍黑，面相温厚。

"现任市长本尼西奥·弗洛雷斯，t 市大学出身，在法学班进修，现在是第二届市长。"

"共和党啊。"

埃德蒙低嘀了一句，目光环视过会议室，在从共和党转投进来的人脸上停留了片刻。

"这家伙是个什么样的人？"

"我没和他直接接触过……"被问到的人边回忆边说，"据说性情温和，为人稳重，是个对外形象十分清廉的政治家。t市的前市长因为贪污受贿被赶下台，所以选票都集中到了弗洛雷斯身上。他是在当地一步步升上来的，很得民心。"

"以至于当地居民都愿意支持他的痛苦解除条例？"

"这个就……不好说了。"

说话的人语塞了，他还没了解到这种程度，在场的人都不清楚。

"能联系上弗洛雷斯吗？"

这次换成泰勒问询监控小组成员了。

"还能如常联络，他目前还没有排斥联邦政府的意思。"

"那么……"

发出含糊呓语的是亚历克斯，他说话做事向来比一般人迟缓。亚历克斯本就不是很擅长同时和好几个人讲话，也就是在谈到自己感兴趣的、正在研究的东西时，他才会说得流畅。

总统是这样的性格，周围的人必然就得随时打起精神。埃蒙德悟到亚历克斯的意图，点了点头。

"我一小时后给弗洛雷斯打电话。"

"嗯，交给你了。再就是国家情报局和联合调查局……嗯，这个嘛，埃德，你看着办吧。"

"好的。"

埃蒙德轻巧地应承了下来，仿佛只是个被大人打发去跑腿的孩子。他早在十五分钟前就做好了指示，用不着特意交代。

亚历克斯说完这番话，就把视线转到了会议桌上。他这样做不是为了观察什么，事实上，他什么都没看。泰勒见亚历克斯陷入了思考，就自作主张地继续推进会议了。泰勒的职务确实是国务卿，不过他还有更重要的一层身份，那就是总统的左右手，列席会议的阁僚也都深知这一点。

"预计短期内会出现自杀人数增多的现象，救命、急救之类的就交给联邦紧急事态管理局了，要做好准备，保证国家灾难医疗系统与团队可以迅速提供服务。"

会议结束了，阁僚与工作人员们三三两两地离开了房间，泰勒揉着肩膀叹出口气。

"要和 F 国会谈来着，结果临会谈前发生这种事……"

"没办法啊，本国优先嘛。"

一旁闻言的埃蒙德事不关己似的笑道。

两人交谈的时候，亚历克斯依旧坐在椅子上，一刻不停地继续着他的思考。等到会议室里只剩下他们三人后，泰勒出声唤道：

"总统。"

亚历克斯这才从思绪中抽离出来，抬起了头。尽管埃蒙德心里已经有了答案，却还是问了一句：

"您有成形的想法了吗？"

"没有。"亚历克斯老老实实地说，"都是很零散的碎片，完全没有组合起来。"

2

总统办公室里新安装了液晶显示屏，用来进行视频通话。显示屏就设在总统办公桌的正对面，与人坐下来的视线高度平齐。

显示屏背面的沙发上坐着以泰勒为首的几个主要阁僚，视频通话的另一边只能看到坐在办公桌旁的总统。摄像头的盲区里，金色大楼的工作人员忙忙碌碌地做着准备工作。

"好了。"

办公桌边的亚历克斯点点头，房间里安静下来。几秒过后，液晶屏上显示出了图像，出现在屏幕上的是同样坐在办公桌前的男人——t市市长，贝尼西奥·弗雷洛斯。

"你好啊，弗雷洛斯。"

亚历克斯轻松地说。

"早安，总统阁下。"

贝尼西奥·弗雷洛斯严肃地回应道。

在说第二句话之前，亚历克斯仔细地观察了画面中男人的那张脸。凭亚历克斯的知识与经验，他知道一个人就算什么都不说，脸上也会透露出很多信息，因为人类是表情最为发达的生物。表情所表现的不仅仅是一个人当下的心境，还有这个人此前经历的人生。或许可以给类似这种非字面形式数据的系统化研究再多拨点预算，亚历克斯一边这么想着，一边观察电话那端的人。

干净，这是亚历克斯的第一印象。

贝尼西奥·弗洛雷斯的那张脸仿佛就是"清廉无暇"的化身。在室内灯光的照耀下，这个五十八岁，肤色微黑的外裔 A 国人双眼熠熠生辉，仿若少年，与先前得知的清廉政治家形象非常吻合。

亚历克斯回想起事先浏览过的对方的履历。弗洛雷斯出生于一个贫困的家庭，随双亲搬到 t 市后，他进入了当地的社区大学（公立的两年制学校，费用低廉）求学。由于成绩优异，他拿到了全额奖学金，升入私立的 t 市大学进修法学，毕业后当过律师，最后走上了政治道路。弗洛雷斯的经历简直就是优等生的典范，从他本人的表情看，他应该也对这段经历引以为豪。到这里为止，一切情报都正常得挑不出任何刺来，所以，亚历克斯必须思考一件事。

这样的人物为什么要宣称推行痛苦解除条例呢？

"哎，用不着这么严肃。"亚历克斯说出了第二句，"我给你来电又不是为了抨击你。"

这就是亚历克斯的真实心声，没有包藏任何陷阱或阴谋。可当说话的人是 A 国总统时，大多数人都会依着自己的理解去分析总统的言外之意。

"会紧张是必然的，总统阁下。"

市长弗洛雷斯并未依言放松警惕。

"全世界推行痛苦解除条例的城市仅有四座，我就是其中一座城市的市长，现在和我通话的是 A 国总统。如果有人在这样的情况下还能保持轻松，那我还真想见见这个人。"

话说得诙谐，弗洛雷斯本人的神情却依然十分严肃，透露出如他所说的那股紧张感。然而，即便说自己紧张，他也丝毫没有流露出不安或焦躁，眼神里带着坚定的光芒。

透过另一个电子屏观看通话影像的泰勒为弗洛雷斯奇异的坚定感到讶异。埃蒙德用评估的眼光打量着弗洛雷斯的脸。

"也是，没必要勉强自己。"亚历克斯接着说，"现在，我们来谈谈正事吧。大家都很忙，就不浪费时间了。"

"我同意，总统阁下。"

"我想先问你一件事……"

亚历克斯饶有兴趣地往前探了探身子。

"你为什么要把它引进 t 市呢？"

简单明了的问题如离弦的箭一般飞了出去。

"这没什么可奇怪的，总统阁下。"弗洛雷斯迎面接住了箭矢，一点也没有闪避的意思，"身为市长，我只是做了一件自己该做的事而已。"

"此话怎讲？"

"市长的职责就是给市民提供安心、健康、丰富的生活。我们制定并实行计划、制度，就是出于这个目的。改订教育大纲也好，通过能源清洁化削减成本也好，归根结底，一切的一切都是为改善市民的生活。秉持着这种信念，我遇到了痛苦解除条例这一体现全新思想的

条例。我认为，它可以改善 t 市十二万五千名市民的生活。所以，出于职责所在，我毫不犹豫地决定引进实施新条例。"

"原来如此。"亚历克斯点点头，"也就是说，这次实施新条例没什么特别的，说到底就只是一则再寻常不过的施政措施，是吧？"

"正是如此，总统阁下。"

"可我还是觉得太过性急了些。"

亚历克斯的目光落到手边的资料上，上面总结了有关弗洛雷斯与 t 市的信息，特别是最近两个月内发生的事，既有 t 市官网上刊载的内容，也有国家情报局暗地搜集到的机密，却看不到任何表露 t 市有意引进条例的迹象。

"日本新域宣布推行条例才不过一个半月，这个时间是不是还不足以探讨出结论呢？"

"如您所言，确实还没有走正式的流程。我虽然宣布颁布新条例，可这目前还只是我个人和市政府的意思，之后我们会征求议会和市民的同意，还准备为此设立研讨项目组，这些都是接下来要做的事。"

"是啊，其实呢，我是想问……"

亚历克斯寻找着简单的措辞，他说话不太喜欢拐弯抹角。既然如此，自己为什么又做了得把话说得弯弯绕绕的政治家呢？亚历克斯自己也摸不清楚。

"你为什么跳过了这些必要的程序，急匆匆地就宣布了要颁布新条例的决定呢？"

从对方的样子来看，问题已经传到了画面的另一端。亚历克斯看到，这个问题令贝尼西奥·弗洛雷斯不知所措，他看起来像是单纯地对这个意料外的问题感到一丝讶异。

"不好意思。"弗洛雷斯恢复如常，"这个问题，我觉得……"

他搜寻着合适的措辞，似乎是准备当场组织语言，表明自己尚未推到明面上去的想法。

"总统阁下。"

"嗯。"

"非常抱歉，我接下来要说的话可能并不理性。"

"没关系，你继续。"

"嗯……举个例子。"弗洛雷斯微微亢奋起来，伴随着手上的动作开始了讲述，"我们的国家，A国，它的起源可以追溯到哥伦布发现新大陆的时期。人们渴求新大陆、新天地的热情开辟出了通往新土地的道路。"

亚历克斯点点头，这是众所周知的一段历史。弗洛雷斯继续往下讲述：

"十九世纪，我国为了发掘金矿，人们开辟了荒凉的西部地区。即便困难重重，A国人民依然勇往直前。如今，我们依然拥有踏入前人未至之地的欲望、行动力与勇气。"

"开拓精神。"

这次轮到弗洛雷斯大力点头了。

"我从痛苦解除条例里看到了人类的新天地。如您所说，我也有另一条路可走，就是花费足够的时间探讨它的可行性，可我压抑不住

自己。广阔的新世界就在眼前，危机、困难不会对我造成分毫阻碍。或许是操之过急了吧，可我认为，这正是勇气的体现。"

亚历克斯又一次颔首以对。弗洛雷斯所说的终归是缥缈的精神层面，不过，同样成长在 A 国的亚历克斯已经充分理解了他想表达的东西。

精神是构成这个国家根基的概念。

"'本宪法未授予 A 国，或未禁止各州行使的权力，由各州各自保留，或由人民保留。'"

亚历克斯流畅地说出了这么一句，屏幕上的弗洛雷斯眨了眨眼。

"这是《权利法案》修正的《宪法》第十条。A 国宪法未授予的权力属于各州与人民，t 市颁布新条例这件事，原则上我们没有权利指手画脚。"

亚历克斯陈述了国家原则，与此同时，泰勒脸上露出了"您不该多说"的神情。亚历克斯不说这一句，他们或许还能在法条的解释上做做文章。一开始就举了白旗，接下来就完全没有施展的余地了。

"现在，我们并不打算与 t 市为敌，我先把话说在前头。"

"总统阁下。"

弗洛雷斯神情热切地探身向前，然而在他开口前，亚历克斯又"啊"了一声。

"当然，这并不表示我们全面肯定 t 市的做法，只是目前暂且持保留态度。"

弗洛雷斯下意识地皱起眉。

"您刚刚还说，各州的权利受法律保护。"

"是的，同时政府和我当然也有各自的权限。必要时我也可以签发总统令，向康涅狄格派遣军队。"

听到"军队"一词，弗洛雷斯咽了口唾沫。

亚历克斯并没打算威胁弗洛雷斯，也不是在故意耍花招，他只是单纯地摆出了眼下存在的选项与可能性而已。事实上，亚历克斯还需要再思考一段时间，连他自己也不知道最后会思考出个什么样的结果，他只是在会谈上公开透露了这一点而已。

亚历克斯是个坦诚的男人。

仔细想想，这种人在虚实错乱的政治世界里本该是存活不下来的，而亚历克斯却在人与运势的加持下屹立不倒，最后甚至坐上了总统的宝座。既能存活下来，坦诚的能力就成了压倒其他一切的强力武器。谎言是脆弱的，坦诚是有力量的。

弗洛雷斯不知如何应对，于是沉默下来。总统无意中挥出了王者之剑，泰勒为它的锋芒满意地点了点头。当然了，这又是把双刃剑，很多时候也会害得同伴伤痕累累。

"总而言之，今后我们就保持密切联系吧。"

亚历克斯用像是和游戏里的朋友打招呼一般随意的语气试探弗洛雷斯。

"情况有变，或是有什么行动的时候，我们就提前告诉对方一声。假如要出动军队，我也会先和你说一声，你大可放心。"

贝尼西奥·弗洛雷斯的脸上尽是不安，被迫点了点头。

"您做得足够了，总统。"

视频通话结束后，泰勒出声唤了亚历克斯。面对颁布痛苦解除条例的本国城市市长，亚历克斯在维持权力上下关系的同时，令对方同意了与自己合作。消除了对方凭先发制人获得的优势后还留有余地，国务卿泰勒对此十分满意。然而通话结束后，亚历克斯还在继续思考。

"会增加到多少呢？"

亚历克斯操着惯常的随和语气，漫无目的地询问阁僚们。

泰勒面露复杂表情。他不太乐意思考这件事情，然而想都不用想，他就知道事态会如何发展。

实施条例的城市今后会增加到多少呢？

"智囊团目前正在分析……"

泰勒代表阁僚陈述见解。

"首先，我们必须弄清楚现有的三座城市是不是真的在没有其他外力的影响下自主引入的条例。"

亚历克斯转向泰勒，用目光敦促他接着往下说。

"日本新域实施条例是在七月一日。第二座城市，C国的r市宣布实施条例是在八月六日，隔了大约五周。可第三座城市，F国l市当月十三日就宣布要实施条例，中间只隔了一周。第四座城市t市又在十八日宣布，仅隔了五天。追随新域其后的三座城市，仅在两周的时间内就相继发布了宣言，我们必须想想这意味着什么。"

"也就是说，接下来宣布实行条例的城市会加速增长？"

"只看表象的话，这种推测也可以成立……不过还有个更贴近现实的可能。"

"嗯……"说话的人是埃德蒙，"蓄意合谋？"

泰勒颔首。亚历克斯的思维过于耿直了些，不善处理权谋、骗术之类的社会"污秽"。在这些方面给予辅助也是泰勒、埃德蒙的用处之一。

"各个城市和市长的决定下得太快了。城市一般都是笨重的组织，就算他们都在一开始的五周里慎重考虑过，之后的一系列行动也还是过于轻率了。这些城市不像是受了带头城市的影响，更可能是他们早就暗地勾结在了一起，商量好了各自发表宣言的时机。"

"证据呢？"亚历克斯问。

"国家情报局还在持续调查包括新域在内的四座城市……尚未找到证实这一可能的线索。刚刚说的还只是猜测。"

"总统，我也是这么想的。"埃德蒙说，"背地里做点什么放在人类这种生物身上一点也不稀奇。"

亚历克斯听着两人的意见，既没表示否定，也没表示肯定。没有证据能证明四座城市暗地里勾结在一起，可两名阁僚给出了相同的猜测，亚历克斯想，自己必须结合情报审慎判定。这也就意味着，得出结论还需要相当长的一段时间。

"继续调查。"

3

"还是那么慢啊。"

埃德蒙慢吞吞地擦了擦老花镜。早上的忙乱过去后，终于到了平静下来的时候，首席秘书办公室里还出现了泰勒的身影。国务卿泰勒的主要办公地点在一两里开外的联邦政府办公楼，因此，每当来金色大楼时，他一定会去埃德蒙的办公室，尽可能多地与埃德蒙交换信息。

"我经常在想，做事这个速度是怎么当上总统的。"

泰勒毫不掩饰的批评逗笑了埃德蒙。

"或许是我们主观认定刻不容缓，这件事本身其实用不着快速做决定。"

"他可是主导世界的 A 国总统啊。"

"这话就说得过于自大了。又不是需要有人带领的幼儿园小朋友，不管前面有没有人拼命拖拽，世界各国都会按各自的心意往前走。"

泰勒不满地摇摇头。或许是年龄有差，他无法做到如埃德蒙一般豁达。

"再说了，就算缓慢，总归也在往前走，这就不错了，最怕的就是'重新思考'。"

泰勒被这句话勾起了回忆，"重新思考"是他无论如何都不想面对的局面。

那是在亚历克斯刚就任大总统时发生的事。当时外交出了问题，泰勒呈送了国家情报局获取的情报，供总统决策时参考。情报可信度并不高，然而泰勒如今依然认为，在以速度为先的情况下，有参考情报加持可以做出更好的判断。

可最后情报被证实有误，之后的事态就发展到了十分严重的境地。亚历克斯先前一直相信情报的准确性，还把它纳入了自己的考量范围之内。情报被证实有误后，他先前所有的设想都被一举推翻，还需要时间清空思绪，所以就浪费了大量时间。因总统迟迟未下决定，同盟国怀疑 A 国有政治筹谋，这也成为两国关系恶化的原因之一。埃德蒙称这段过往为"（思想家）重新思考"。

阁僚们被迫切身体会到了一件事——对诚实的亚历克斯来说，谎言是思考的天敌。自那以后，泰勒也好，埃德蒙也好，他们在传达情报的时候，必定会同时附上情报的"可信度"，没有证据就如实说没有证据，推测就如实说推测。碰到飘忽不定的情报，干脆就不再往上汇报了。就这样，两人才终于保障了 A 国总统可以正常治国。

"痛苦解除条例涉及的不仅是社会问题，它本身也是哲学问题。"埃德蒙说，"一旦走错了路，总统会永不停歇地思考下去。"

要是我们的总统不是总统，而是一辈子待在大学某个角落里的哲学家，那该有多好啊！泰勒想。

这时，敲门声响了，进来的是埃德蒙的下属波西。波西先看了眼泰勒，然后才看向埃德蒙。埃德蒙说了句"自己人"，示意波西汇报情况。

"这是联合调查局送来的报告。"波西递上文件。

"联合调查局？"

埃德蒙接过文件，目光扫过里面的内容，脸上露出了惊讶的神情。

"是 t 市的调查报告吗？"泰勒说着凑上前，探头看报告内容，随后露出了同样的神情。

"布莱德汉姆局长也看过这份报告。"

波西补充道。言下之意文件是经手联合调查局局长传递过来的，不用怀疑。埃德蒙和泰勒再次面露惊讶，足见这份文件有多么古怪。

"他给的是这个？"埃德蒙问。

"不可能。"泰勒强烈否定道，"根本就没用。"

"嗯……是啊。"

埃德蒙把文件放到桌上，看向波西。

"你去告诉布莱德汉姆，要是在这个方向上有什么进展，就再来向我汇报。"

波西点头，一脸"果然如此"的表情，而后恭顺地离开了办公室。

留在办公室的两人再次看向文件，目瞪口呆。没想到正谈到情报可信度的时候，就来了这么个不靠谱到极点的情报。要是把这则情报如实呈送上去，别说重启思考，恐怕总统直接就晕头转向了。

文件签名栏里写着"联合调查局特别分析处"。

4

山姆·爱德华是个壮硕的男人。

他那用"巨大"来形容都不为过的身躯高六英尺五英寸（约 1.95 米），健壮的四方形身材令人联想到橄榄球选手。然而山姆从事的工作与外表相去甚远，完全没好好利用自己得天独厚的身体条件。

山姆的父亲在著名的汽车公司就职，山姆七岁时，公司询问他的父亲有没有意愿调去海外的分公司工作。这次的调动是走上晋升路线的大好机会，父亲本人也意气风发地决定赴任。可在年幼的山姆看来，离开熟悉的家乡去国外生活一点也不值得期待。

父亲去的是发达国家，生活环境远胜偏僻的 e 市。可对只有一点点零花钱的山姆来说，城市的便利没什么特别意义，相比之下，被语言不通的世界环绕在内的巨大压力才是不容忽视的。

最让山姆痛苦的是，父母按着自己的想法，把他安排进了一家公立小学。山姆希望至少进一所可以说英语的国际学校，然而父亲的调任地周边没有合适的小学。父母又充满期待地认为山姆这个年龄很容易学外语，就驳回了山姆的要求，让他去了离家最近的公立小学读二年级。

等待着山姆的是他入学前就早有预料的问题，语言障碍大，上课听不懂，与同学之间的交流也极其困难。父母想得简单，以为都是孩子，交流时多比画比画总能打成一片，可山姆的性格与早已显出魁梧势头的身躯并不相称，他是班上最敏感、内向的孩子，怎么都没法积极主动地搭讪语言不通的同学。自然而然地，他在学校变得几乎都不怎么开口说话，周围的人也渐渐不找他聊天了。如果只是人际往来淡薄，那山姆忍受孤独也就罢了。

可残酷的是，由于孩子们不识善恶，这个与其他同学格格不入的外国小孩就成了众人取笑的对象。转学还不到一个月，山姆就成了同学们霸凌的对象。

二年级小学生的霸凌就是一板一眼的"照本宣科"。他们根据山姆的外国人特征，给山姆起揶揄人的外号，嘲笑山姆的大号身形，带着好玩的心态殴打山姆，藏山姆的东西，故意忽视山姆，每次找碴都找得特别直白，正因如此，才对山姆造成了直接伤害。

面对同学的欺辱，山姆基本上没有还手之力。他的体格在班里鹤立鸡群，倘若真闹起来，七岁的小男孩根本就斗不过他，就算对大上两三岁的，大概也不会吃亏。然而，山姆温顺的性格让他完全发挥不了自己的体能优势，他甚至想都不敢想殴打同学这种事。边哭边喊"住手"已经是山姆努力的极限了，然而就连他竭尽心力的呼喊，也因为语言障碍失去了一切作用。

炼狱般的生活日复一日，认真的山姆既没法闹情绪，也没法破罐子破摔。他一直拧着根筋，思考怎么摆脱校园霸凌。

是改变性格，挨了打就打回去，还是学好外语，表达反抗之意呢？

内向的山姆选不了前一种，只能半是无奈地开始学习外语。他不需要说得多流利，学到能够阻止霸凌的程度就够了。

山姆一点点地熟悉了当地的语言，孩子的领悟力本来就不错，温厚认真的他相对快速地掌握了越来越多的词句。每学会一点，山姆就把自己想说的话传达给几个带头欺负他的同学，可要是说了就有用的话，他也就用不着这么勉强自己了。山姆怪异的发音和语法为大家奉上了更多笑料，简直就是给以嘲讽他为乐的团伙又添了一把柴。转校半年了，这场卑劣的霸凌仍未停止。

不过，从那时候起，班上的形势渐渐发生了变化。

语言日益精进的山姆开始能正确表达出自己的意图，一度终止的沟通交流再度开启，班上渐渐出现了能和他对话的人。对山姆的霸凌不是全班同学沆瀣一气的集体行为，除了几个主犯以外，其他人都只是不闻不问的旁观者。当然，旁观者无疑也是促成霸凌的其中一环。可真要说起来，他们当中的大多数终究也只是为了明哲保身而持观望态度，一旦形势有变，这些人的态度自然而然也会跟着发生变化。

山姆熟练的外语渐渐把这些人拉拢到了自己那一边。如果刻意忽视与自己语言互通、当面交流过的人，这种行为就不能拿旁观当借口掩饰过去了。于是，不想直接霸凌山姆的孩子们开始正常同山姆讲话。最开始缓和态度的是原本就对山姆抱有同情的一帮人，接着，曾经漠视山姆的人也顺势变了态度。入学九个月后，班里的大部分同学都接受了山姆，山姆的生活由此发生了戏剧性的转变。最后，班上只剩几个霸凌主犯骑虎难下了。

这个时候，山姆已经拥有了足够的自信。他不再是被集体排斥在外的那个人了，班上的大部分同学都与自己站在同一阵线上。掌握语言、融入社会的山姆，把从他人那里获得的正义认同转化为自信，与霸凌团体形成对峙。

已具备一定交流能力的山姆，对霸凌团伙提出了停止霸凌的正当要求。道理上占不到便宜的孩子们选择以无理的暴力迫使山姆屈服。

然而，他们当初能吵赢山姆，不过是因为山姆毫无还击之力，如今的山姆既有自信，又有同伴，没道理再被他们单方面打压。要是两方平等互殴，体格高出一头的山姆明显更有优势。可即便如此，山姆也没有全力回击，只是一直主张自己不会屈服，再怎么打都没用，让对方停止霸凌。

然而，霸凌团伙的老大不会就此认输，继续叫嚣着殴打山姆。一直挨打的山姆再怎么说也只是个八岁不到的孩子，面对这样的欺辱，他不可能一直心平气和，保持冷静。可就算是这样，山姆依然拼命压抑自己，他经过深思熟虑，尝试着用上了一种尽量不牵涉暴力，不会让对方受重伤的反击方法。

山姆用右手按住老大的脸，五指抓住对方脸颊，堵住了对方的嘴。他就着这个姿势，把老大抵到教室墙上，脸凑上去，用当地语言说了句话。

"给我闭嘴，不许再吵，否则我让你一辈子开不了口。"

山姆的话经由对方的耳朵直达大脑，不容拒绝地在七岁孩子毫不设防的心灵里留下了印记，这个深深体会到山姆恐怖之处的孩子再也不敢来学校了。父母叫他上学，他就害怕地哭叫，像个婴儿一样揪着母亲，身体发抖。后来，这个孩子被迫转学，从班上消失了。

山姆终于迎来了平静的生活，可他还是苦恼。

赶走那个孩子并非山姆本意。他没想过要给对方造成那么大的伤害，让他连学都上不成，这不是山姆想要的结果。逼得对方转学的一番话，也深深地伤害了山姆自己。

经历过这件事后，山姆切身体会到了语言的力量。他通过学习语言，壮大了自己的声势；通过使用语言，摧毁了一个人的心灵。对是药亦是毒的语言，幼小的山姆怀着一股近似于敬畏的感情。

自那之后，山姆变得沉默寡言，不是因为他害怕说话，而是因为他对令人畏惧的语言满怀真诚。要说就应该措辞恰当，不能说错话，伤害到别人——本来就认死理的山姆，在"说话"这一极其稀松平常的日常行为上，拥有超出一般人好几倍的小心。

山姆就这样长成了一个身强体壮的青年。回到 A 国进了大学后，他拒绝了一切冲着自己得天独厚的体格发来邀约的体育社团，投入精力学习语言。就这样，山姆走上运用语言的工作岗位，积累了丰富的实操经验，魁梧的口译员山姆·爱德华就此诞生。

国务院的办公桌边坐着个熊一样的巨大身影，身影挺直了背，看起来就更大了。山姆一边浏览海外报纸，一边在单词本上写下需要记住的专业术语。

社会上使用的语言每天都在不断更新，不跟上时代就胜任不了口译的岗位。特别是像各个领域的专业术语之类的少见表达，往往都超出了词典的解释范围。山姆不是行业专家，想正确使用这些表达，他就必须加强学习。

山姆主要的工作是做同传、交传，联通对话双方，做得好不好取决于事先的周密准备与每天的技能练习。今天，山姆依然如往常一般默默学习着。对他来说，这样的学习并不令人痛苦，反而与他的喜好

颇为契合。加深对语言的理解，更加准确地运用语言，也是山姆的乐趣所在。

在同一地点办公的同事电话响了。同事打完电话，对办公室里的全员说：

"今天的会谈不需要翻译。"

等候上场的 F 国翻译回了句"知道了"。F 国现任总统古斯塔夫·卢卡精通英语，预定好的电话会谈就交给双方直接交流了。

翻译员像是泄了劲似的，起身喝咖啡去了。山姆还是照旧伏在小小的办公桌前，默默学习。

5

h 市到了傍晚四点，微带暮色的阳光透过总统办公室的弧形窗倾泻进来。

亚历克斯坐在办公桌边，国务卿泰勒站在亚历克斯身旁，首席秘书埃蒙德坐在办公桌旁边的椅子上。亚历克斯将通过桌上的固定电话与对方交谈。

"可以了，接线吧。"

"现在为您接线。"最先说话的是电话操作员，"让您久等了，古斯塔夫总统，这是 A 国总统。"

"晚上好，亚历克斯。"

操作员话音落下的瞬间，电话那头就响起了慵懒的男声。

"现在还是白天呢，卢卡。"

"我这边已经到晚上了。"

"我知道，不过这种时候不是该照着对方的时间问候吗，基本上到哪儿都是这个规矩。"

"我为什么一定要配合你的时间呢？"

"我当然没有理由要求你必须这样。"

"那就别说这些有的没的了。"

古斯塔夫·卢卡发自内心地感到不耐烦，他的语气已经算得上蛮横了，不过这也是看人下碟。

卢卡连任了两届总统，算起来，这已经是他在任的第八年了。与之相对，亚历克斯在任刚满三年。这三年时间里，亚历克斯·W. 伍德的秉性如何，卢卡已经熟悉得不能再熟悉了。

亚历克斯的性情关键词是诚实、慎重、优柔寡断、耿直，哪一个对政治家来说都是无用的累赘，把以泰勒为首的政府要员们折磨得焦头烂额。而政治面向的不只是国内，放到 A 国总统身上，海外的所有国家都是需要关注的对象。所以，亚历克斯手上的双刃剑往往会刺伤其他国家的政治家，即便他本人并没有那个意图。

卢卡就是被刺中的政治家之一。

两年前，A 国为缔结自由贸易协议展开商谈。这是一场超大型谈判，旨在通过缔结环大西洋地区的全方位贸易投资协议，放松管控，废除关税，促成贸易与投资的自由化。然而，预计全面放开的行业领域里，众多拥有既得利益的企业都发出了反对的声音。

　　面对将因为贸易协议蒙受损失的本国企业，卢卡请了政治说客从中斡旋。跨大西洋贸易与投资伙伴协议是卢卡政府的外交亮点，他无论如何都想在自己的任期内落实这个协议。卢卡与国内的行业协会约定了明里暗里的补偿条件，同时还慎重谈妥了留在市场开放清单上的业务和排除在外的业务。经历了漫长的谈判后，他总算成功获得了企业对贸易协议的支持。没过多久——

　　参加电视直播的亚历克斯在被问到跨大西洋贸易与投资伙伴协议时，简简单单地回答道：

　　"基本上就是全面自由化，缔结协议的目的就在于此，有特例就没有意义了。"

　　亚历克斯参加的是 h 市时间的黄金段节目，卢卡就在半夜一点被人叫醒，他立刻电联亚历克斯，怒吼着要求亚历克斯撤回先前的言论，亚历克斯却说自己没有说错，今后也会照着那个方向推动谈判，没有理会卢卡的要求。

　　卢卡当然知道他们缔结的是自由化协议，可是，要在现实里落实协议，他们就必须调整、谈判，以刚柔并济、虚实相间的手段说服利益相关方。这就要用到所谓的"政治语言"，说服他人就是政治家的工作，是从古罗马时代起就固定不变的政治家的本质。

　　可亚历克斯却与卢卡不同，他不擅长说谎，也没有勘破人心幽微的能力。身为政治家，亚历克斯却不懂政治语言。在卢卡眼里，纯真无知的亚历克斯就像听不懂话的婴儿或动物。总之，他讨厌亚历克斯，要是问卢卡在这个世界上最讨厌哪个政治家，他大概会毫不犹豫地回答是亚历克斯。

然而，尽管卢卡如此厌恶亚历克斯，两国的关系目前还是保持着良好态势，这完全是卢卡一个人的努力成果。不管再怎么厌恶对方，若是以此左右国家外交，那就当不得一国之首了。卢卡利用自己最擅长的"政治语言"，始终引导着两国朝良好的外交关系上发展。

"对了，你听着。"

卢卡堂而皇之地以盛气凌人的态度说道。非公开场合里，他对待亚历克斯基本上都是这个态度。良好关系体现在明面上就好，私下就没有演戏的必要了。

"下议院搞定了吗？"

"下议院？"

"我说的是缔结 TTIP 的事。下议院担心奶制品行业受这个影响，受那个影响的，拘泥小节。"

"这件事还没解决，我今天想和你谈的是另外一件事。"

"不用，谈这件事就行。"卢卡的语气就像教育人的老师一样，"我可没时间一本正经地陪你聊亚洲小地方的村长想出来的幼稚愚蠢的内部规则。"

"对对，就是这件事。"

一旁的泰勒已经明显听出电话那头卢卡的烦躁了，亚历克斯却理所当然地尚未察觉。

"你觉得幼稚吗，我觉得也不能这么断言。"

"你是笨蛋吗？哦，我知道，你就是笨蛋。"卢卡随心所欲地骂了一句，"我就不该费时间和你这样的笨蛋聊天。"

"别一口一个笨蛋笨蛋的，说点有用的，时间宝贵……早点说完就能早点结束。"

"吵死了，笨蛋。"卢卡继续放任着自己的怒气，"我没什么好说的。"

"我有啊。"

"哦，是啊，电话是你打的。行吧，我知道了，就五分钟。看在你的头衔和让人佩服的笨上，我就给你五分钟，你就在五分钟时间里把话说完吧，时间一到，管你说没说完，我都会挂电话。"

"l 市的市长是个什么样的人？"

亚历克斯立刻进入了正题。卢卡喷了一声，回答说：

"一个小人物，我连他名字都忘了。他当过 IT 企业的董事，唯一的可取之处是会集资。这回大概又是为了收割利益才闹出动静。"

"这人身上有什么奇怪的地方吗？"

"就是个精于算计的普通人罢了，不是疯子，我没和他聊过。"

"你没和他会面过？"

"哈。"卢卡从鼻子里挤出哼笑声。

"你也真够不上心的。"亚历克斯难以置信地说，"这可是相当严重的社会问题。你是看轻那个人，还是看轻这个问题？"

"亚历克斯，我来教教你。"卢卡居高临下地说，"我不是看轻这个问题，而是要把大事化小。"

"嗯？"

"听好了。自杀这种事不是想想就能得出什么结论的，有人重视它，也有人轻视它。这个问题严不严重，完全取决于人怎么去看待，所以根本就没必要主动把它当成一件大事，看轻点就好了。"

"原来如此。"亚历克斯诚实地点点头，"也就是说，你要故意给民众制造出这件事不值得大惊小怪的感觉。"

"政治本身就是操纵大众心理的行为，痛苦解除条例这种可笑的思想，把它当成一股不良潮流击溃就完事了。最多也就是十年后，人们回想起来，还记得当年盛行过这个东西，教科书里写都不会写这件事。"

卢卡说得干脆利落，似乎从心底里觉得这种事无足轻重。

"亚历克斯，你也照这样做吧。你们那里不是也有城市跟风引进了那个条例嘛。"

"你是说 t 市吧。"

"视而不见就行了。只要管好媒体，半年后大家就会忘了这件事，剩下来的就只有某个有奇怪条例的小城市而已，所有的问题都会迎刃而解。"

"可我已经和当地的市长谈过了，我们约好要交换信息。"

"你真是……交换信息？你打算怎么做？"

"还没想好。"

"没想好？呵！"

卢卡又哼笑了一声，他太了解亚历克斯的性子了。

"很可笑吗？"

"是啊，可笑，简直可笑至极。要我告诉你为什么吗？"

"嗯。"

"听好了。'思考'是极其理性正经的行为。条分缕析，从逻辑里得到答案，这就是思考。可你现在思考的条例——就是个不正常的玩意儿。"卢卡说，"明白吗？所以你怎么正儿八经地思考都没有意义，因为它本来就不正常。不管你多想找出道理，多想摆出逻辑，只要对方是个疯子，你的一切努力就都是徒劳。所以，思考这件事本身就是没有意义的。"

"疯子。"亚历克斯回味着这个词，"你的意思是，那些城市的市长都是疯子吗？"

"追随者不是。跟在后头的要么是蠢，要么是贪婪。后面的这群人至少还有预见到利益的头脑，也就是说，他们的行为有理可循。可一开始带头的家伙和他们不同，不同就不同在'带头'上。无论行善还是行恶，人类里最先开始做某件事的人，无一例外都是疯子。"

亚历克斯瞥了眼时钟。

"带头人是新域的……Kaika·Itsuki[1]，一个毛头小子。"

时间刚好过去了五分钟，不过卢卡没有结束的意思，亚历克斯就抛开时间，继续说了下去：

"你记住他的名字了。"

"新闻每天都在提，想不记住都难。不过，明年应该就会忘了吧。"

"你是说，这股潮流今年就会平息下去？"

---

1 Kaika·Itsuki：以罗马字母标示的"斋开化"日语发音。

"是我会让它平息下去。放任疯子肆意妄为，社会秩序就会乱套。我们已经朝日本施了压，要求他们尽快给出应对新域自治体的具体办法。再怎么强大，地方城市始终都是地方城市，最后赢的还是国家。"

"嗯。"亚历克斯点点头。

卢卡所说的是最根本的政治系统，揭露了无可辩驳的事实真相。地方城市的人口与国家人口相比，赢的始终是后者。

这就是少数服从多数的规则，就是民主主义。

"可一旦有了缝隙，压力也就减半了。空气从缝隙里钻进去，压力就不复存在了。"

"嗯？你在说高压锅吗？"

"我说的是 A 国。"卢卡不耐烦地说，"就是因为 A 国的态度模棱两可，日本政府的行动才会这么迟缓。如果其他六国一致表示反对，这件事早就已经解决了！"

一旁的泰勒注意到自己想做什么时，立马停止了动作，他差一点就要点头表示赞同了。泰勒觉得卢卡说得完全没错。

"这个嘛，因为我还没想好……"

"别说那些没用的，你就告诉我，你究竟想了些什么？"

"想了很多，不过我觉得重点还是在那个人身上，就是被你评价为疯子的 Kaika·Itsuki。"亚历克斯说。

"你也看过吧？他在日本参加的公开辩论节目。"

"那场闹剧？"

"是不是闹剧随你怎么看。itsuki 在那个节目上不是阐述了自己的想法吗？他说一开始是为了患病的儿子才想出了这个主意，可后来他认为条例是有意义的，他实施条例是为了整个社会，和家人没有关系。你觉得他说的会是真话吗？"

"嗯？"

"我在想，他真的只是因为这样才要的吗？"

"你觉得还有其他原因？"

"我总觉得没这么简单，他手里应该还有牌没亮出来，虽然这只是我的直觉。"

电话那头的卢卡沉默了片刻。

他断言 Kaika・Itsuki 是个疯子，那就是认定了对方没有藏牌，或者说有没有都无关紧要。不过作为政治家，卢卡也必须考虑到与自己预期相反的情况。再来，尽管亚历克斯在他眼里是最不及格的政治家，可对于亚历克斯的"直觉"，他觉得还是有那么一点可信度的。

受这些因素的影响，卢卡思考了仅仅四秒。

这个站在 F 国顶点上的政治家很快做出了判断。

"管他呢，我没兴趣了解。"

卢卡觉得这就够了。条例的首倡者有没有秘密又怎么样呢，自己只要选择不受这一点影响的解决方法就行了。反之，要是像亚历克斯那样一直记挂着是不是有什么内情，事情就会变得没完没了，甚至可能因此被拉到于对方有利的境地里去。一个合理的判断就能终结的问题，没有必要特意把它变得复杂化。

Kaika・Itsuki 是个疯子，以合法的国际政治手段击溃他是最好的选择，这就是卢卡的判断。

"我倒是稍微有点兴趣……"

下定了决心的卢卡见亚历克斯还在没完没了地想东想西，当即不耐烦地说：

"我都说了没兴趣，你直接去问那个人！"

卢卡丢下这句话后，两人的交流一时停滞了。亚历克斯没有给出回应，令人不适的空白流淌而过。泰勒当先皱起了眉，他若有所感，觉得电话那边的卢卡应该也正顶着和自己一样的表情。

"喂，亚历克斯。"卢卡的声音打破了沉默，"别，你可千万别这么做。听着，你得考虑我们这边的情况，好吗，不要去找那个人。"

亚历克斯的心思完全飘到了另一个地方，他按下按键，切断了通信。

6

"是不是还可以选择会见 Kaika · Itsuki 呢。"

"不可以。"

泰勒用尽可能坚决的语气说道。但怕自己说得不到位，他又把"不可以"重复了一遍。

与 F 国总统的电话会谈结束两小时后，内阁会议按预定计划在内阁会议室召开。得知了亚历克斯的想法，围坐在长方形会议桌边的核心阁僚们都露出同样为难的表情。

"卢卡总统说得没错。"

泰勒代表阁僚们发言了。

"新域首脑 Kaika·Itsuki 的势力现在只维持着微妙的平衡。他在议会选举上是获得了一定数量的议席，可也只是恰好占了一半而已，未来如何完全受风向左右。在这种情况下，要是您主动发起会谈，那就等于承认了对方的正当性，甚至可能成为推动条例普及开来的强大助力。"

"我只是想和他谈一谈，认不认可是另外一回事。"

"谈话行为本身就已经意义重大，您的身份是 A 国总统。"

泰勒劝诫般说道。亚历克斯思考了片刻，开口问其他阁僚：

"日本国内是什么形势？ Itsuki 的支持率和条例的支持率如何？"

"他在日本国内得到了一定支持。"国家安全委员会执行秘书汇报手头的情报，"Kaika·Itsuki 在新域的支持率是百分之四十八点六，全国范围的支持率是百分之三十九点一。条例在新域的支持率是百分之五十一点六，全国范围的支持率是百分之二十八点七。"

"数据理性得出乎意料啊。"

"总统，这个数据已经够不正常了。痛苦解除条例在全世界的支持率不到百分之十，唯独日本才有这么高的支持率。"

"总统，这投的都是'感情票'啊。"

说话的人是埃德蒙，亚历克斯看向埃德蒙。

"我国的选举投票也有这种倾向，而这样的倾向在日本体现尤甚，政治家短暂的人气会大大影响选举结果。Itsuki 在电视辩论的直播上收获了国民的强烈共鸣，人气持续高涨。可是时间久了，国民就会回归冷静，他的支持率也会相应下降。对比上个月的数据如何？"

"现在的支持率下降了百分之四点一。"秘书回答说，"不过这是和两周前的数据对比的结果。颁布条例的第二座城市出现后，支持率出现了反弹的趋势，每多一个这样的城市，他的支持率肯定也会随之上涨。"

得到了自己想要的答案，埃德蒙满意地点点头。

"外界风平浪静，支持率就会下降；外界做出了重大反应，支持率就会再度上升。这就是一场秀罢了，总统。比起条例本身的可行性，民众是否乐在其中才能真正左右最后的结果。"

埃德蒙看向亚历克斯。

"A 国总统一旦上了场，这场秀就到了登峰造极的地步。我们没有理由特意给对方的节目造势吧？"

亚历克斯再度陷入沉思。卢卡、泰勒、埃德蒙都持相同的意见。

卢卡说"大事化小就行了"，如果不把 Itsuki 当回事，社会自然也不会把他当回事。要是总统主动发起会谈，结果大概就会如泰勒他们所说，Itsuki 更受瞩目，问题则变得更加严峻。

亚历克斯的性情确实异于常人，却也不至于漠视阁僚的意见。现在，F 国总统、国务卿、首席秘书都不赞成自己的意见，国家安全委员会执行秘书大概也是同样的态度。

亚历克斯的目光在内阁会议室里扫过一圈。

"哪些人觉得我不该和对方会面？"

片刻的沉默过后，一个人举了手，两个人举了手。阁僚们环顾左右，接二连三地举起手来。最后，桌边的十七人全都举了手。

"OK。"亚历克斯两手一摊，开口说，"那就算了吧。"

7

齐胸高的书架整齐地排列着，一直延伸到楼层尽头，一个灰熊般的男人悠悠然地穿行于其间。下班后，山姆·爱德华开车造访了位于密歇根大道东北边的大型书店。

巴诺书店是国内最大的连锁书店，全国门店数量达七百家，大多数门店还设有露天咖啡座。店里的书可以带到外面的露天咖啡区，边读边细选，虽是书店，同时又有图书馆的影子。

山姆来的是夹在天主教大学与圣三一大学中间的一家店。书店是四层建筑，拥有众多的专业书籍，离山姆的上班地点国务厅约二十分钟车程。距离国务厅三百米远的地方也有一家巴诺书店，不过山姆更喜欢这家店的氛围，于是专程开车来到了这里。

晚上七点的书店里多是下班后过来的客人，山姆也是其中之一。山姆悠闲地挑选着书籍，下班后的自由时间里，他不用受任何东西的束缚。

四十一岁的山姆还是独身一人，他并不是抗拒结婚，只是没碰到合适的机会。山姆有交往对象，可是还不到可以共度余生的程度。朋友劝山姆，说结婚就是靠冲动与妥协，而这两样东西，山姆都有所欠缺。

不过幸运的是，山姆很少因为至今孑然一身而感到后悔。对 e 市的双亲，他多多少少也觉得有些愧疚，可他又想，妹妹和妹夫已经给父母添了孙儿，这应该就已经足够了。更重要的是，山姆如今可以利用单身汉的自由时间尽情投入到翻译的事业里，简直是太幸福了。

山姆来回扫视书架，寻找着自己想看的书。走到书店中央时，他看到了书店的特辑专区，摆的恰巧都是自己在找的书。专区还放了招牌，大概是店员做的。

这是与条例相关的书籍专区。

近一个半月以来，它以社会问题之首的势头持续引发热议，身为政府议员，山姆翻译相关话题的频次自然也增多了。痛苦解除条例进了山姆的业务范围，他今天来书店，就是想了解这个"专业领域"的相关信息。

山姆先拿起了本大开页的杂志。杂志是在日本实施条例后紧急发行的特刊，内容宽泛浅显，流于表面，不过无疑是专门讲条例的资料。山姆把杂志夹在腋下，准备买下杂志。

专区里还摆了心理学、社会学、哲学书籍，以及讲述如何预防自杀的书，大多都是讲自杀本身，而不是条例。哲学书堆的一角放有叔本华的《附录与补遗》。手写的广告板上写着，书里有关于自杀的章节，还摘录了书中的原文：人类是会自杀的生物。

山姆夹着几本书离开了特辑专区，除了学习用的资料外，他还想买几本阅读用书。山姆看着小说专区，一个古典小说作家的名字映入

他的眼帘——索尔·贝娄。这是个同时获得过诺贝尔文学奖与普利策小说奖的著名作家，山姆至今还没读过他的作品。

山姆漫不经心地拿过其中一本，书名叫《洪堡的礼物》。他随便翻了几页，好几次都看见了"死亡"的字眼。这种时候竟然会碰巧抽中这样的书，山姆想。

他停下翻书的动作，一个短语映入眼帘。像是讲述着世间常理的一句话，深深印在了山姆的脑海里。

死亡的终结性

亚历克斯输入登录密码，数据加载完毕后，屏幕上出现了城市街景，角色"降临"在旅馆的一个房间里。

深夜时分，亚历克斯待在金色大楼属于自己的书房里，把一天中最后的时间献给了EO。金色大楼中央建筑的二楼是总统一家的居所，亚历克斯的书房在居所东南角，他在这个房间里读书，看电视电影，还有玩游戏。宏大的金色大楼里，这里是他唯一可以独处的地方。

亚历克斯操纵着鼠标，让角色行走在基地街道上。不过就是简单的行走操作而已，角色的动作却有些滞涩，仿佛都能听到棋子落下的那种"嘎哒"声。其实操作与动作的不同步极其细微，可对顶级玩家亚历克斯来说，这样的延迟令人难以忍受。

说实在的，亚历克斯现在用的大楼网络实在令人不敢恭维。要是只在城里经营日常生活，倒也碰不上什么问题，可要是参加群战，小小的延迟可能就会给角色带来致命伤，而这一切都是拜亚历克斯的头衔所致。

网络游戏之类的互动型软件每时每刻都会产生大量的数据交换，想提速就得扩大带宽，但扩大带宽会导致安全性能降低。总统玩游戏致使大楼网络受到黑客攻击，这可不是什么笑谈。

因此，按常理来说，亚历克斯应该戒掉游戏，可临搬进金色大楼的当口，他耍赖不干，甚至说如果玩不成游戏，那他也不当什么总统了（情急之下的一时嘴快，不过确确实实这么说了）。最后，政府方面妥协，架设了有专员确保安全性的游戏专用线路，代价就是传输速度延迟，不过亚历克斯也不好再得寸进尺。现在，他不能积极参加游戏里的活动，很大程度上也是因为受了网速的限制。

等卸了任，我要在用不着顾虑信息安全的家里尽情打群战，亚历克斯又一次这么想着，一边操纵角色缓慢行走在和平的城市里。突然间，他留意到街上出现了陌生的NPC，似乎是有新活动。亚历克斯触发了NPC。

"毁灭教正在广揽信徒。"

NPC说明了游戏世界的情形。在活动里，运营方撰写的故事情节会逐渐铺陈展开。

"毁灭教（Catastrophe Cult：C.C.）"是游戏初期就已存在的团体之一，主要成员是魔法师，他们以魔法为核心，秘密结成了这个组织。毁灭教的思想过于激进，且具有很强的攻击性，在任务里常常以敌对势力的形式出现，这次的任务似乎是以毁灭教为主线展开的故事。

在此之前，毁灭教已经在各种各样的支线里刷过存在感了，亚历克斯对这个组织还是有一定了解。时常被提及的毁灭教，结成目的就是利用禁术复活恐怖的大恶魔，以及毁灭世界。据文献记载，传说大恶魔可以连根除尽一切生命。既然毁灭教是任务主线，这次活动讲的可能就是玩家们阻止毁灭教的行径的故事了。

别的街道上应该还有新活动放出来的 NPC，再去搜集一些消息吧，亚历克斯这么想着，准备去别的街道看看。就在这时，他突然想到一个问题——

毁灭教为什么要摧毁世界呢？

亚历克斯自问自答：因为他们是持末世观的邪恶组织，不仅限于毁灭教，很多游戏里也都有类似的组织。意图毁灭世界的都是邪恶的代表，模板化的恶人。

那么，这么做的原因是什么呢？

恶人是出于什么原因才想毁灭世界的呢？

一段尘封已久的记忆从亚历克斯的脑海里翻了出来，那是差不多三十年前的时候。当时网络游戏尚未面世，亚历克斯用 NES（北美版插卡游戏机）玩的一款 RPG 游戏里就有一个意图毁灭世界的反派 boss。那个 boss 是怎么说的来着？他为什么想毁灭世界呢？

回过神来的时候，时间已接近凌晨两点。亚历克斯没去下一条街，直接退出了游戏。明天找人问问吧，看对方还记不记得那个 boss，亚历克斯想。

9

首席秘书办公室里，埃德蒙对着电脑，悠闲得像在上网一样，其实是在工作。

总统首席秘书的职责之一就是"分拣邮件"。埃德蒙每天都会收到大量函件，有的来自金色大楼工作人员，有的来自政府部门，呈递给总统的各种文件源源不断地堆积到埃德蒙这里。妥善区分，找出真正需要交由总统决定的文件是埃德蒙的重要职责。这项工作要求人的大脑快速转动，不过更看重的是经验。在这一点上，没有人比饱经风霜的埃德蒙更加合适了。

鼠标每点一下，邮件就被分到了该去的地方。大部分邮件写的都是总统以外的其他人就能决策的事情，中间也夹杂了一些或重要或难以判定重要程度的文件。埃德蒙手上的动作停了，面前是一封不好判定的邮件。

发件人是联合调查局局长托马斯·布莱德汉姆。

埃德蒙支着脸颊，看完了邮件正文。微微思考片刻后，他拿起电话话筒。

"帮我接布莱德汉姆。"

接线员转拨出去，电话很快就通了。

"埃德蒙。"

局长布莱德汉姆冷硬的声音从电话那头传了出来，埃德蒙脑海里浮现出对方那张严峻的脸。布莱德汉姆瘦削而深邃的脸就像用金属雕成的一样，从来没见他笑过。他的工作风格也和外表给人的感觉一样，常常被人揶揄为机器人。

"我看了你的邮件。"埃德蒙看着邮件内容说，"这个必须汇报吗？"

"这是我们和日本警察厅在联合调查的过程中发现的东西，还有从政府那边确认到的几项情报。我们无法装作视而不见，就发出了这封邮件。"

布莱德汉姆平静地讲述了前因后果，语气里听不出任何多余的情绪。和发送的邮件内容一样，他只是在汇报事实。

埃德蒙陷入了思考。说实话，这件事处理起来会很麻烦，他不想上报到总统那边去。可布莱德汉姆这个人正如绰号所说，是个绝不会撒谎、开玩笑的人，而这样的人已经第二次发来报告了。

"我知道了。"

埃德蒙结束通话，紧接着联系了泰勒。

10

"特别分析处？"

总统办公室里，亚历克斯又问了一遍埃德蒙。亚历克斯知道有这么个部门，也知道这个部门的作用，只是特别分析处还从来没有被放到需要总统决策的行列里过。

"报告是布莱德汉姆局长直接发过来的。"埃德蒙说，"他说，除了日本警察厅外，涉及政府相关人士的幕后秘辛也在其中。"

"幕后秘辛？"亚历克斯瞪圆了眼睛，"真的吗？"

埃德蒙耸了耸肩。

"至少就目前来说，报告里还没发现与事实不一致的地方。"

亚历克斯看向站在埃德蒙身后的泰勒，泰勒也点了点头。亚历克斯又有些错乱了，不过他相信，既然这两个人都来找了自己，那这件事至少还是有考虑的必要。

"这是报告概述和情报提供人名单。"

亚历克斯粗略翻了翻递过来的文件，目光停留在名单里的一张面部照片上。红框单单把这个人圈了出来，名单里给的介绍是联合调查局调查官。

"红框里的人是？"

"嗯？"埃德蒙歪歪脑袋，"具体得问局长。"

"嗯。"

泰勒和埃德蒙离开了，办公室里只剩亚历克斯一人，亚历克斯看完了报告。在看待事物方面，亚历克斯自认为自己的谨慎比一般人多出一倍，为的就是防止戴上有色眼镜。然而越是往下看，他越是不得不生出一股强烈的怀疑。

联合调查局的"特别分析处"是局里的一个小部门，调查的对象十分有限。他们不能调查科学技术部和信息技术部业务范围的对象，大多数情况下都是些凭逻辑分析不出多少信息，可信度不足的对象。

比如，所谓的预言、超能力、超自然现象。

真要说起来，这些都可以用"灵异"来概括。在 A 国这个世界闻名的合理主义国家里，诸如此类虚幻缥缈的事物几乎不可能拿到明面上大肆探讨。不过，正因为自诩合理主义，只要出现了哪怕只是微乎其微的难解现象，A 国也不能刻意忽视，否则就背离了合理主义。在这样的思想支持下，"特别分析处"应运而生。

话虽如此，该罕见的就是罕见，至少在亚历克斯从政期间，特别分析处从未真正与犯罪调查或政治挂钩。

一阵敲门声后，办公室的门开了，被称作机器人的联合调查局局长托马斯·布莱德汉姆走进了总统办公室。亚历克斯从桌边起身，走到沙发边，坐在了机器人对面。

"急着找你是想问你有关报告内容的事情。报告我看了，但我还想听听你怎么说。"

布莱德汉姆点点头，他就是觉得有必要亲口汇报才过来的。

"里面写的是我们经由外交渠道获取的情报，还有联合调查局通过与日本警察厅的刑警合作直接获取的情报，哪一种都具备较高的可信度，于是我们决定上报。"

布莱德汉姆开始用机械音一般板正的语气解释详情。

"我们发现了某个特别人物。"

"这个人和现在引发动乱的条例有牵连。"

"对。最先在日本新域推出的条例，随之出现的大量自杀者，更早之前的新域域长选举，甚至追溯到新域的成立，在这一连串的过程里，这个人很可能从头到尾都参与其中，世界各地相继颁布条例说不定也和她脱不了干系。"

"是吗，如果报告属实，你说的这些很有可能就是真的……不过……"

亚历克斯指着报告页面，上面印了八张照片。

"是哪一个呢？"

"他们都是同一个人。"

"嗯？"

亚历克斯再次看向照片，完全没发觉照片拍的是同一个人，每张照片里的人看起来都各不相同。他又刻意带着照片里都是同一个人的想法细看，还是觉得每张照片里的人都不一样。这么看来，他必须听到更详细的解释。

"你再详细给我说一下吧。"

"总统。"布莱德汉姆问，"我能把调查官叫过来吗？与其听我在这里汇报传闻，不如让本人亲自来讲给你听，这样才会得到最确切的信息。"

"啊，可以啊，他也来了？"

布莱德汉姆点点头，让等候在办公室外的安全特工把人带来。

"是特别分析处的调查官吗？"

"不，所属部门还没正式确定，他两周前刚刚进来。"

"新人啊？"

"这个人本来也不是正式的调查官。"

"嗯？"

"我们破例任命他为特别调查官。"

一分钟后，情报提供人出现在总统办公室里。刚开始，亚历克斯还以为进来的是哪个特工，他会产生这种错觉，固然与来人身上的黑色西装与暗色领带有关，可最大的原因还是在于，来人的面相实在太像特工了。真要说起来，比起联合调查局调查官，这个男人的眼神更像是军队出身的士兵。

"打扰了。"

这个人说起英语十分刻板，不过并不拙劣。男人的穿着与面貌融合在一起，就像一根铁棒，亚历克斯想。

"欢迎来到金色大楼，我能问你一些事情吗？"

"好的，总统。"

联合调查局特别调查官正崎善答道。

III

1

五周前。

事关条例可否实行的议会选举在日本新域召开。最终，全体议席中，四十八人持肯定意见，四十八人持否定意见，四人中立，新域议会给出了双方同票的结果。

只看数字，肯定派与否定派似乎是打成了平手，而实际上，这个结果给了肯定派强大的动力。肯定派获得了半数议席，颠覆了开票前认定他们将以压倒性差距败北的预测，在民众看来，这实际上就是肯定派的胜利。这样的胜利不仅是气势上的，同时也是事实上的。

在新域这个全新的自治区里，领导人的权限要高过其他地方自治体。域长几乎可以独自制定新法，议会做的只不过是跟在后头审查罢了。虽说在过半数议员表示反对的情况下，域长的决定就会作废，可反过来看，这也就意味着只要反对人数不过半，议会就无法阻止域长行使权力。

换言之，现在的新域议会里，拥有半数肯定派势力的域长显而易见地占据了主导地位。

　　议会选举结束后，新域域长斋开化公开露面，正式入驻了新域政府办公大楼。各家媒体以肯定的态度大幅报道了这一新闻。先前的电视辩论会结束后，直击民众情感的斋开化支持率大幅上升，媒体深知，在这种时候写负面报道会遭到民众排斥。媒体的这一倾向又进一步影响了社会氛围，间接促使条例得到舆论认同。

　　就这样，斋开化的影响力不断加深。以自明党为首，几个主要政党里的新域构想参与者都为了阻止斋开化暗地里四下活动，然而收效甚微。

　　原本就没有参与过新域构想的政治家倒是公开表明了反对立场，可新域构想的参与者几乎都牵涉了新域成立时的一系列不法行为，心中有鬼，且他们犯下不法行为的证据又掌握在斋开化手里。这些人害怕证据败露，没办法明确宣称反对斋开化。最终，局势扭转，原本想击溃斋开化的政治家站到了中立派的阵营里。

　　在这样的形势下，自明党原干事长野丸龙一郎为击溃斋开化多方奔走，可电视辩论会过后，这个男人的支持率大幅度下降，连域议选举都以失败告终，与斋开化所处的局势截然相反。失去了政治头衔的野丸龙一郎能使的手段十分有限，只能咬牙切齿地看着斋开化大展拳脚。

　　四周前。

　　在政府因执政党及在野党迟迟不下决断而裹足不前时，新域已经拉拢了媒体和舆论，开始着手推动条例的实施了。

　　首先，新域公布了安乐死专用药物"尼克斯"的相关信息，包括

药物成分、制造方法、用途、制剂信息。总之，涉及"医药专利"的几乎所有信息都被公之于众。新域撤销了专利信息按理应当受到保护的权益，对其予以公开。如此一来，制药公司就能立刻制造出不受商标所限的通用版安乐死药物了。

尼克斯本身的制造难度并不高。R 国等准许实施安乐死的国家会使用麻醉药物戊巴比妥，尼克斯就是在此基础上加入止吐剂后调和而成的安乐死专用药，在现有药物的制造工序上多加几步就可以了。只要有了药品信息，任何制药公司都可以制造出这款药。

制造的问题解决了，主要的限制因素就转到了伦理层面。不过，只要舆论与收益达成统一，这个问题也会消弭于无形。最先响应的是一家对舆论持积极态度的海外制药公司，当然了，制造权并非该公司独属，新域如今还在持续招募合作公司。不过，至少眼下已有一家公司愿意合作，新域也算是成功确保了自杀药物的供给渠道。

与此同时，"新域自杀综合援助机构"成立，并在多摩中心开设了接待窗口。

成立自杀援助机构的目的是，向有自杀意愿的市民提供自杀相关的综合咨询，以及推进"正当自杀"的理念。并不是推动人们实施自杀，而是集结各位专家，探讨市民的自杀是否得当，最终为市民提供"正确信息"。医生、护士、财务专家等各领域的人士，会从多方面分析自杀的合理性，在当事人决定自杀后，帮助自杀者处理包括财产继承、家人赡养等临终事宜。这是一家真正提供全方位自杀援助的机构。

自杀综合援助机构一成立就受到了极大的关注，打给政府机关的咨询电话没停过响，窗口前也排起了长龙。

然而，几乎所有接受过机构服务的人，或者说，百分之九十九以上的人，最终都没有走上自杀的道路。专家的分析非常理智，日本的社会保障制度运用得宜，因此很多人都没有必要选择自杀，他们有活着解决问题的途径。如其目的所言，自杀综合援助机构成功帮助有意自杀的人得出了是否应该自杀的结论。最终，新域内的自杀者相比之前大幅度减少，虽然和日本其他地方比起来还是偏多，可数据明确显示"卧轨""跳楼"之类的冲动性自杀已经显著减少。在自杀正当化的新域，自杀者已没有必要选择卧轨自杀。正如斋开化在辩论会上所预言的那般，比之其他地区，新域实现了相当程度的"自杀管制"，这一事实已通过数据得以体现，肯定派的势力进一步增强。国内的舆论不断向肯定派倾斜，在这样的背景下，新域内痛苦解除条例的应用环境得到了急速改善。

此时，一个男人被逼到了走投无路的地步。

东京地方检察厅特搜部检察官正崎善深感无力。

正崎指挥的特别调查小组决定在七月十四日的公开辩论结束后拘禁斋开化，他们做了细致的准备，计划本应万无一失。

可行动最终却以惨败收场。斋开化逃脱了，二十五名调查员丧命，其中二十四人自杀，一人遭虐杀，正崎被迫清清楚楚地观看了自己的下属被人一步步虐待直至丧命的全过程。

特别调查小组的覆灭宣告了调查的停滞，倘若确定对方就是杀害了二十五人的杀人魔，更大规模的调查或许早已展开。而现实情况是，能够明确断定的被害案件仅有一起，剩下的全被判定为自杀了。对调查员集体自杀一事存疑的人当然也有，可仅凭怀疑根本不可能出动组织行动。过于异常的集体自杀事件让相关人士思维混乱，混乱又限制了行动。

整个社会都陷在"新域"与"自杀"的浪潮里，调查杀害检察事务官凶手的事情回到了负责此类案件的警视厅手上，就此停滞不前。

正崎不过是一名检察官，他什么都做不了了，找守永部长也无济于事。先前借守永之力组建起来的调查小组已遭全灭，就算是特搜部部长也没有能力立刻再组一班人马。

作为特别调查小组唯一的幸存者，正崎能为追查凶手所做的，顶多也就是给警察提供线索罢了。

东京地方检察厅特搜部检察官正崎善深感无力。

三周前。

这天，有人联系了正崎善，请他协助提供查案线索。不过，对方并不是警察，而来自法务省。更确切来说，通过法务省找到正崎善的，是一个基于《刑事互助条约》，与日本缔结了合作调查关系的组织，即 A 国的调查机构。

联合调查局。

这个时候，日本的新域和痛苦解除条例在海外也引发了热议，各国的自杀者随之不断增加。七月一日发布宣言过后，A 国国内的自杀人数对比去年上涨到了百分之一百八十，肯定派在域议选举中获得半数议席的新闻一出，自杀人数又进一步增加了。

虽说发生的都是自杀事件，政府还是有必要调查确认其中是否暗藏猫腻。为查明内情，各自治体的警察疲于奔命。条例的影响波及全州后，联合调查局也无法以政治问题为由冷眼旁观了。自杀者持续出现，联合调查局开始秘密调查"条例问题"。

日本与Ａ国缔结了《日本与Ａ国关于刑事互助的条约》，联合调查局不必经由大使馆的外交渠道，直接就能请求日本有关方面提供帮助。一开始，联合调查局是找警视厅提供的新域及条例相关情报，他们在特别调查小组的集体自杀事件上百思不得其解，就又一次通过法务省与正崎取得了联系。

对正崎善来说，这就是一根通往希望的蛛丝。

"此次事件牵连的东西超出了你们的想象。"与联合调查局调查官直接会面的正崎善说道，"关于这件事，我知道的东西比任何人都多。我可以把一切都告诉你们，不过——"

特搜部检察官正崎善对拥有辩诉交易制度的Ａ国调查机构说：

"我有一个条件。"

他的条件清晰明了。

"让我当联合调查局的调查官。"

2

总统办公室的沙发上，亚历克斯两手在唇前交叠，这是他思绪遇

阻时的习惯性动作。眼前两人讲述的故事正如亚历克斯的习惯动作所暗示的那样，实在太难判断真伪了。

"催眠术。"亚历克斯从口中缓缓吐出这个词，"应该是类似这样的手段吧……"

"要按一般理解，可以这么说。"

回答的是布莱德汉姆。

"可能是催眠师使用的一种催眠手法，不过效力却比一般的催眠厉害多了。"

催眠疗法在Ａ国已有五十多年历史，是广受认可的医疗手段之一。对于催眠效果，亚历克斯也有了解。

可他从未听说过，催眠的力量可以恐怖到操纵人自杀的地步。要是像邪教组织的狂热信徒那样，长时间被人洗脑，精神状态异常，这种事或许还有发生的可能。

"可要这么看……简单来说，我们根本就无计可施，是吗？"

亚历克斯看向坐在布莱德汉姆身旁的男人，联合调查局特别调查官正崎善面无表情地点点头。

按正崎善的说法，就算仅仅是擦身而过的路人，只要听了那人在耳边的一句低语，就会被操控，根本不需要花费什么时间。

如果这是真的，那人们甚至都不能和那人对话，只要靠近就有危险。当然了，这种事情的真实性还说不太准。

亚历克斯又一次看向一脸严肃地说出了如此匪夷所思之事的男人。正崎面无表情地端坐在沙发上，除了讲述必要的事情之外，其他时候他都一言不发。

"目前还没有证据可以证明他说的就是客观事实。"

布莱德汉姆接过了话头，亚历克斯转而面向布莱德汉姆。

"这些还停留在表象，实情如何尚不明确，能想的办法也有限。但不可否认的是，证言与实际案例大量出现，我们不能对此视而不见，所以联合调查局今后还会继续深入调查。"

"嗯，那就拜托你了。如有必要，可以扩大调查范围。"亚历克斯的目光落到报告上，"仅以超自然来概括一切的话，我觉得有点草率。"

局长布莱德汉姆点点头，给正崎下达了两三个指令。正崎站起身，规规矩矩地朝亚历克斯低头行礼，随即离开了办公室。

"我看了资料，他不是 A 国国籍吧。"亚历克斯直截了当地说出了自己的疑问，"就算是破例，给他特别调查官的身份会不会太出格了？"

"以总统的身份行使权限就没有问题。"布莱德汉姆平静地说，"现在他还是编外人员，没有正式调查官的权限。要想录用为正式人员，他就要达到规定的在职时长，不过只要您下了命令，这一条规定也可以作废。"

亚历克斯有点惊讶，没想到这个向来如绰号所言，谨守规矩的男人会主动请他开后门。

"你为什么这么看重他？"

布莱德汉姆思考了一会儿，开口说：

"让正崎善当特别调查官的理由一共有三点。"

"说说看。"

"首先，能力够强。他在日本检察厅的特别搜查部待过，来了联合调查局以后，大概也能发挥出自己十二分的力量。其次，他是与我们如今追查的案件有关的重要证人，是最近距离接触过犯人的人。我们调查的对象十分神秘，我们需要了解对方的人。要想得到并利用好那个男人手里的情报与经验，让他本人来做调查官是效率最高的办法，这也是他本人的意愿。"

一阵沉默流过，布莱德汉姆没了声音。

"第三点呢？"

机器人布莱德汉姆静静地说：

"那个男人很危险。"

"此话怎讲？"

"他来 A 国和我直接见面时，我立刻就感觉到了他身上的危险气息。过去做调查官的时候，我见过不少和他眼神相似的人。这样的人在调查官里很少见，有些犯人也有同样的眼神。他说自己想当联合调查局的调查官，如果我们拒绝了他的要求，往后就不会和他有任何交集了。没有了交集，我们就不知道这个男人会怎么样，会干出什么事来。所以，在他干出什么出乎意料的事之前，把他放在身边，这对我们双方来说都是最好的选择。"

亚历克斯理解了布莱德汉姆的意思，刚刚那男人眼里有亚历克斯熟悉的危险。

那是"行正义之战"的 A 国所有的，在善恶一线间勉力保持平衡的摇摇欲坠感，就像平衡玩具一样。

布莱德汉姆局长应该是想让那个男人继续正确地保持平衡，为了稳住男人的天平，避免发生不可挽回之事，布莱德汉姆破例任命他为调查官，还表露了希望让他成为正式的特别调查官的意图。

只是，亚历克斯还难以做出判断，目前的信息不足以令他完全相信初次见面的男人。他感到迷茫，不希望仅凭局长布莱德汉姆的一席话给出允诺。

"能再给我一点时间吗？我要认真考虑一下。"

布莱德汉姆点了点头，似是十分理解自己的要求有点强人所难。他没再就着这个话题继续下去，汇报完所有必报事项后就离开了办公室。

办公室里只剩亚历克斯一人。亚历克斯回到桌边，心不在焉地翻着报告文件，一边在心里回味刚刚听来的事情。突然间，他的动作停了，文件停在放了女人照片的那一页上，八张照片下只写了一个人名。

"Ai·Magase[1]"

如果刚刚那个男人说的都是真的……

这个女人在暗地里积极推动新域成立，操纵政商界大佬控制选举，让素不相识的六十四人跳楼自杀，让二十四名警员开枪自杀，还残忍

1　Ai·Magase：以字母标注的"曲世爱"发音。

地虐杀了一名检察事务官。

当然，这些听起来还是有点匪夷所思，可万一就是事实的话……

那这个女人大概就是一秒的平衡也没维持住，瞬间失足坠落的劣质平衡玩具吧。

"人类里面的劣等品，嗯……"

自言自语的亚历克斯想出了一个能够更加精炼、确切地表达自己意图的词。

不好的人。

他在大脑里念出了那个词。

恶人。

3

距离上班地点半英里外，山姆·爱德华正在宾夕法尼亚大道上一家有些年头的咖啡馆吃轻食午餐。如店面招牌"Coffee&Tea"所示，这家店有着丰富的茶饮品类，热爱红茶的山姆常来这里光顾。

山姆在享用午餐菜单提供的烟熏火鸡三明治。咖啡店虽说位于 h 市市中心，店里的氛围却相对安静幽雅。山姆正漫不经心地想着下午的工作安排时，一张餐盘和一杯咖啡出现在他的桌子上。

"心情怎么样？"

坐下来的是同事弗雷德·布洛克，是个身材瘦削的白人男性。他工作起来潇洒自如，正如外表给人的印象一样，与外表粗犷，工作一板一眼的山姆形成了鲜明对比。

"还不错。"

山姆严肃地说。板着张脸并不是因为心情欠佳，山姆平时与人交往就是这么一本正经的，这一点弗雷德自然也了解。

"现在整个部门里也就只有你觉得'还不错'了。"弗雷德苦笑着说，"大家都忙得脚不沾地的。"

"没办法，形势所迫。"

山姆的语气依旧平静。

目前，两人所属的国务院语言服务处前所未有地繁忙，而这一切都起因于国内一座城市与海外三座城市宣布实施条例的举措。世界多地集中爆发的社会问题轻易地致使语言服务处的口笔译业务陷入了瘫痪，山姆是众人中唯一一个还能游刃有余地处理工作的人。

"你明明也很忙啊。"

"能做的做，做不到的不做，就这么简单。"

山姆说的是谁都知道的常识，弗雷德闻言笑了起来，觉得这个一本正经到偏执的同事还挺讨人喜欢。

"哎，我一个工作量没你多的倒发起牢骚来了……"

话音刚落，弗雷德的手机响了，是短信提示音，紧接着山姆的手机也响了。弗雷德看向自己的手机界面，脸上逐渐失去血色。

"怎么了？"

"啊，坏了，这是同行发给我的快讯。"

弗雷德带着一副世界末日快要到来的表情，给山姆看了自己的手机界面。

"d 市……"

短信里写的是"第五座城"的名字。

"真是过分啊。"

山姆也同样让弗雷德看了自己的手机界面。

"n 市。"

"什么?"

"I 国也出现了。"

看到"第六座城",弗雷德难以置信地摇了摇头。

4

泰勒·格里芬就任国务卿已有三年,与亚历克斯担任总统的时间一样长。三年间,泰勒一直辅佐着性格极其独特的亚历克斯,直至现在。

泰勒对身为政治家的亚历克斯抱有诸多不满,他过于优柔寡断,常在无谓的事情上纠结许久,思考的效率低得可怕……这些对政治家来说无疑就是瑕疵,而当它们出现在 A 国总统身上时,产生的影响就更是无法估量了。三年来,泰勒早已数不清为亚历克斯擦过了多少回屁股。

然而即便如此,对身为总统的亚历山大·W. 伍德,泰勒·格里芬依然怀着敬意。

"与赫里格尔首相的会谈在十小时后举行,I 国现在正在协商对策，不方便立刻与我们联系。”

泰勒汇报了当前的情况，亚历克斯依旧用他惯常的语气“嗯”了一声，点了点头。

总统办公室里，相关阁僚与高官尽数到场。除了泰勒、埃德蒙外，司法部长、卫生福利部部长、联合国大使也在其中。

“真是没完没了。”埃德蒙像是受够了似的，“这下六国一个都不差了。峰会上都没见各个国家这么步调一致过。”

“什么速度？”亚历克斯问，“嗯，我是说中间隔了多久。”

“距离 t 市发表宣言隔了七天，时间拉长了。”卫生福利部部长回答道，“不过，这次是同时增加了两地。”

“速度是加快还是减缓了？”亚历克斯转向埃德蒙，“智囊团怎么看？”

“分析结果比想象的乐观。”埃德蒙戴上老花镜，看着手边的纸质文件，“他们认为增速有减缓的趋势。”

“有什么依据？”泰勒问。

“相继推行条例的城市都位于主要的发达国家，如果只考虑人口因素，推行条例的城市应该会接连不断地在人口数量多的国家出现，然而现实情形并非如此。也就是说，考虑颁布条例的人只出现在超出一定生活水平的经济发达国家。这就说明，闲暇人士才会严肃地思考自杀问题。”

一帮高官嘲讽地笑了，埃德蒙继续说：

“根据计算分析，怎么算的我不太清楚，总之智囊团认为宣布颁布条例城市的增速正在放缓，说是没有跟上增加曲线还是什么的，估计最多再出现两三座城市，这股势头就止住了。不过……"埃德蒙看向亚历克斯，"这里加了注释，前提是不再出现什么新动向。"

亚历克斯听完，将两手交握，抵在唇前。泰勒窥视着苦恼的亚历克斯，同时自己也开始思考起来。

按照智囊团的分析，如果不再出现新的动向，事情就有平息的可能。

可社会形势很少会沿着笔直的一条线发展，乐观的预测切不中实情。泰勒的政治经验告诉他，对待形势发展往往应该带着消极的眼光。

那么，如果有事情要"发生"的话，会是什么事呢？

到今天为止，除去新域，共有五座城市宣布实施条例。泰勒认为，从目前已有的情报来看，这五座城市私下里并不存在合作关系。A 国 t 市市长弗洛雷斯已经明确表明过这一点，有关 r 市、l 市的情报也可通过政府渠道获取。泰勒不能百分之百断定，不过这当中确实不存在指向城市彼此合谋的证据。

也就是说，五座城市都是按照各自的决定独立行动的，单看任何一座城市，基本都是只宣布了引入条例，没有再闹出其他动静。这些城市的宣言还停留在领导层，真正获得了地方自治体议会的认同，开始转入具体举措的城市只有一个。

那就是新域。

它是痛苦解除条例的策源地，引发了其他五座城市宣布实施条例。这座大本营获得了议会的半数同意票，正在不断落地实际政策。

眼下如果会发生什么，要发动什么的话，最有可能成为主角的就是日本的新域了。要是新域率先行动，其他城市也会紧随其后。要是先有动作的是另五座城市其一，其他城市就不一定会跟上步调了。后发城市之间的向心力还不够，一切问题的关键都要看新域。

可新域的动向，接下来要发展的方向，泰勒还没有完全看透。

新域域长斋开化在电视辩论会上明确说出了自己的目的，之后也曾数次于公开场合再度提及。

"建立人人都能自由选择自杀与否的制度。"

"使我们的社会有能力解决可以用死亡解决的问题。"

"开拓一个具备全新价值观的时代。"

这些是斋开化明确提出的目的，新域实际上也正在朝着这个方向发展。可终点在哪里，斋开化尚未提及。

仅就新域来讲，可以说，斋开化的目的已经在不断朝某个程度靠近了。议会的主要势力认同了条例，社会制度也在不断为它的落地创造条件。要是价值观契合的人涌入新域，它就会真正成长为认同自杀的城市。

然而，要说日本、世界、人类社会是不是也会朝着这个方向发展，答案却是否定的。颁布条例的城市仅有六座，总人口不到三百万，如果他们的目的是"把认同自杀的价值观推广至全人类"的话，达成这个目的至少还需要几十年，甚至很可能耗费数百年也迎不来这样的时代。

而斋开化的时间却是有限的。

斋开化说过要把自己的心脏移植给患有心脏病的儿子，他儿子得的是扩张型心肌病，倘若不接受心脏移植，必定活不到寿终正寝的时候。剩下的日子有多长，很大程度上要看病症的严重程度，有可能吃药就能活十年，也有可能在不做心脏移植的情况下，连三个月都撑不过去。

泰勒不知道斋开化儿子的病情有多严重，不过至少应该撑不过十年二十年。

斋开化接下来还会花多长时间做多少事呢，又或者，只要条例在新域成为现实，他就完全达成目的了呢？

信息的匮乏使泰勒心生茫然，他该做出什么样的判断呢，还是说，现在不该过早下判断？

"泰勒。"

泰勒一下醒转过来，看向声音发出的方向。叫他的人是亚历克斯，亚历克斯询问的眼神就像孩子在揣摩父母的心思一样。

"是不是得赶快想好对策？"

泰勒皱起眉，这个问题是亚历克斯对他说的"客气话"。实际上，亚历克斯并不是真的在问这个问题，他想表达的其实是还不想做决策，自己还在苦恼，需要再多思考一段时间。

泰勒长叹一口气，放弃了努力，说：

"可以再缓缓，先打通和 G 国的合作通道吧。"

亚历克斯的神色明显放松了，就像被通知可以缓交作业的孩子一样，泰勒想。

确定了暂不表态的方针后，内阁会议就结束了。埃德蒙缓缓从沙发上起身，给了泰勒一个意味不明的笑。

"不错啊，真有国务卿的风范。"

"这话什么意思？"

"夸你遇事从容不迫啊。"

泰勒从鼻子里挤出一声笑，权当回应。

泰勒并没有显摆王者风范的意图，事实上，他的想法是应该尽快做决定，迅速采取应对措施。只是相比自己的想法，他对亚历克斯"能力"的信任略占上风罢了。

亚历克斯想事情很慢。

可他有"选中正确方向的能力"。

亚历克斯的头脑灵活程度绝对说不上好，只看信息处理能力的话，他应该算是中下流水平。可要只看速度快慢，亚历克斯也不可能当上A国总统，他能在三年时间里保有总统一职，就是因为身上还有另一种足以盖过思考迟缓缺陷的能力。

只要给亚历克斯足够的时间，他最后就一定能找到合乎期待的"解答"。泰勒认为，亚历克斯选择正确道路的能力、算法是十分卓越的。就是一条乍看起来只会白费力气的远道，亚历克斯绕一绕也能抵达终点。不存在正确路途的时候，亚历克斯一定会就此止步，从未踏上错误的岔路。泰勒认为，这是亚历克斯拥有的罕见特质。

这样的特质是如何养成的，泰勒并不清楚，如果用语言来描述的话，大概就是亚历克斯独有的感知能力吧。正因为说不清道不明，一般人才很难掌握它。

"会谈在战情室举行，总统。"

泰勒恭敬地对拥有自己没有的特质的男人说。

5

金色大楼西翼的楼栋地下有一间相对较小的房间，里面的会议桌不及内阁会议室一半大小，坐上十二三人就满满当当了。密闭的地下室里又没有窗户，闷得人呼吸困难。然而这个房间有内阁会议室没有的配置：四台挂壁监控器，一台大型监控器，通信设备与严密的安全体系，以及操控着一切设备的三十余名国家安全保障会议人员。

金色大楼战情室是履行情报管理事务的中心机构。

平日里，这里的常驻人员二十四小时收集国内外信息，向以总统为首的国家安全保障相关人员提供即时情报。发生灾害时，这里就成了紧急指挥室，相关人员会尽数聚集在房间里商讨应对措施。这间地下室收集最新信息，发出最新指令，是金色大楼的"对外窗口"。

几名高官先到了，而后房间深处的门打开，亚历克斯与阁僚从门外走了进来。亚历克斯在会议桌的"中心位"就座。桌面上架设了小型相机，镜头正对着亚历克斯，视频会议的各项工作已经准备就绪。

国家首脑之间的通话可采用多种方式，亚历克斯与F国总统的电话会谈是在总统办公室进行的，只接通了语音。这是埃德蒙考虑到亚历克斯与总统卢卡的关系，及当时的实际情况之后做出的决定。

III

这次选在战情室接视频通话的同样是埃德蒙，这么做不是因为目前的形势比与卢卡会谈时更加紧急，而是埃德蒙考虑到对方的性格，认为表现得郑重其事一些更能给对方留下良好的印象。

至于要与对方通话的当事人亚历克斯，他对这种"营销策略"全无概念，基本上都全权交给埃德蒙办。亚历克斯甚至还想过，埃德蒙会不会让自己穿上表示进入紧急状态的夹克，大概这样一来确实太过夸张了，亚历克斯最后还是穿着普通西装坐到了镜头前面，一只耳朵戴着耳机。

"可以了。"

亚历克斯示意自己准备完毕后，战情室的大型监控器上出现了一个身材魁梧的男人。男人的脑袋稍稍后仰，头发灰白相间，没有染过。他的嘴巴紧抿成一条线，透着严肃和冷淡，比起首相倒是更像警察局长，亚历克斯从前就一直这么觉得。

"日安，总统阁下。"

G国首相奥托·赫里格尔通过翻译传达了一句问候，依据的是A国时间。

"晚上好，首相先生。"亚历克斯也照着对方所处的时间回以问候。

"那么，我们来谈痛苦解除条例的事吧。"

亚历克斯沉吟了片刻。通话刚开始五秒就进入了正题，对方只用"那么"做了个铺垫。奥托对亚历克斯用的是这样的说话方式，与闲聊占对话九成的卢卡完全相反。

奥托·赫里格尔讨厌浪费时间，喜好追求高效，喜欢确定的事情，讨厌意外。他不懂幽默，不解风情，总是以坚毅的面貌立足于国际社会中。这是亚历克斯对 G 国首相的印象，他不知道这些性格特征是为奥托·赫里格尔独有，还是 G 国的社会风气使然，不过大概是两者皆有。亚历克斯对这个性情如同堆叠正确的积木似的男人心怀好感，在他看来，这个男人是七国首脑中最好沟通的一个。

"颁布条例的是 d 市，约有十五万零两千人口，市中心地段有五所大学，仅 d 市大学与大学医院的员工就有一万五千人。d 市是学术城市，五所大学共计四万名学生生活在这里，它同时又是有名的旅游城市，每年来这里旅游的游客人数达一千两百万。"

奥托接连奉上 d 市的相关信息。亚历克斯自然早就得知了这些情报，奥托也并不是没想到这层。只是，亚历克斯的了解应该还不全面，以奥托的性格，他就要让亚历克斯百分之百地了解，于是就从基本情况开始讲起了。

"学术城市是前面颁布条例的城市都有的共同特点对吧？"亚历克带着问询的语气说，"d 市又是旅游城市，不知道 R 国的那种'自杀之旅'是不是也会越来越多地出现在 d 市呢？"

"R 国是我们的邻国，去那里进行'自杀之旅'的不少人都来自我国。"奥托苦涩地说，"有关辅助自杀的争论也在我国经久不息。这几年，从赋予自由到严令禁止，各种各样的议案都有人提。"

"结果如何？"

"我们选择了中立。从事辅助他人自杀业务的，拘留三年以下或处以罚金。"

"业务。不以盈利为目的的也算在内吗？"

"对，只要从事这项业务就算在内。"

"哦。"亚历克斯思考起 G 国修正法律的意义。

G 国没有禁止个人自杀，也没有明确对辅助他人实施自杀的行为本身施以惩罚，被禁止的只是以组织形式或社会服务形式辅助他人自杀的行为。G 国是担忧个人自杀的现象源源不断，有心预防自杀的普遍化。政府既没有全面禁止，也没有完全放开，正如奥拓所说，选择的是中立立场。

"可是，如果 d 市走上了新域的道路，这就和国家法律产生了冲突。"

"d 市是郡级自治市，受州级监管，监管机构拥有发令权和代行职能权。如果当地法案与国家法律发生了严重冲突，监管机构有权驳回，州议会大概也会认可监管机构行权。"

"不过……"奥托接着说，"撇开联邦议会、G 国法律不谈，我个人认为 d 市的政策有探讨的价值。"

摄像头扫不到的位置上，泰勒皱起了眉。埃德蒙的表情依旧如常。

"你是对条例持肯定意见吗？"

"不，这不是个可以武断地决定肯定与否的问题。只不过我看了那个节目，觉得新域域长提出的主张有一定道理。"

"具体指哪里呢？"

"道德与法律并非一成不变。"

奥托放在桌上的手静静交握到了一起，他不激动，不焦躁，整个人非常沉着冷静。这个担任了三届首相，在任十年的政治老手身上有亚历克斯无法企及的威仪。

"现在正确的事情，未来不一定依旧正确。这是人人皆知的常理，却也常常被人们遗忘。"

"奥托说得明明白白。这话如果拿到议会上去说，肯定免不了被一顿弹劾。要得出答案，一个半月的时间太短了。"

"我也是这么想的，奥托首相。"

"A 国也还在观望吗？"

"真是惭愧。"

"真想赶在你前面得出些结论。"

至此，奥托才第一次扬起了嘴角。这是他揶揄亚历克斯性格的一句玩笑，似乎费尽了他所有的幽默细胞，可战情室的阁僚没一个人笑，奥托本人的笑也维持了不到两秒就结束了。

"我也想给你时间慢慢想，可最迟一周后，你大概就得表个态了。"

奥托指的是首脑峰会。痛苦解除条例的浪潮席卷全球，首脑峰会不可能不谈到这个话题。会议结束后，七国首脑应该要发表联合声明，阐明对待条例的态度。这次 A 国又是议长国，必须当先表态。

"至少在会议开始前，我们还不准备轻率地断定实施条例是好是坏。"

"我也是这么想的。"

两人的对话停顿了片刻。

彼此试探的留白过后，奥托先开了口：

"G 国是'自上而下迈入近代化'的国家。"

亚历克斯认真地听着。"自上而下"就是指国王、君主、体制内的人占主导地位，与民众占主导地位的"自下而上"相反。

"成立于十九世纪的 G 国在近代化政策的推动下急速发展，原本落后于邻近国家的科学技术与军事技术，仅在三十年时间里就发展到了世界最先进的地步，可体制强大同时也意味着民众弱小。在实施政府主导型发展的过程中，自由商业主义的风气衰落了，众多国民把生活中谨遵国家方针、服从制定好的规则、遵守公序良俗视作正途，渐渐养成了这样的民族精神。"

谨守规矩的性格，严肃认真的气质，这简直就是奥托本人的写照。

"这本身没有任何问题，G 国的进步与发展就是靠这样的国民性得以实现的。"

亚历克斯颔首以对。近代 G 国的发展只有 G 国人才能办到，这是不容置疑的事实。

"可如今，我们正站在时代的变革点上，价值观的变化正在创造'新的规范'。所以，G 国必须做出选择。为迎接今后的一百年，所有人都要自主选择应当遵守的规则，不论高官还是平民。如果这是更好、更先进的方式的话……"

奥托·赫里格尔带着绝非狂妄自大，而是 G 国首相应有的抱负说道：

"我们不会为选择实施条例而感到畏惧。"

6

　　联合调查局办公室里，局长托马斯·布莱德汉姆整理了积压的议案。眼下他正对着把联合调查局标志设置为桌面壁纸的电脑，快速处理着需要审批的邮件。打开下一封邮件后，正文里出现了 ICPO[1] 字样。邮件里提到的是布莱德汉姆最近关注的事项之一，与条例及新域有关。

　　针对条例的调查如今已成为波及全世界的国际调查。如果只调查日本国内的情况，借助刑事互助条约就足够了，可如今颁布条例的城市已出现在世界各国，联合调查局不得不向 ICPO 求援。如此，需要布莱德汉姆亲自审批的事项自然就多了起来。工作量加大没什么大不了的，只是，调查工作复杂化导致难度加大，这让布莱德汉姆很是头疼。

　　布莱德汉姆拨出短线电话，话务员很快就接起来了。

　　"帮我叫一下特别调查官正崎善。"

　　两分钟后，正崎善应召出现在局长办公室。他面对坐在桌边的布莱德汉姆直挺挺地站着，没有坐下来的意思。

　　"颁布条例的城市增加了，我想听听你对这件事的看法。"布莱德汉姆开门见山地说，"你觉得'曲世'和这一连串动态有关吗？"

　　"有。"

1　ICPO：国际刑事警察组织（International Criminal Police Organization ——INTERPOL），简称国际刑警组织（ICPO）。

正崎善只答了一句，没再接着往下说。

"这是 t 市市长贝尼西奥·弗洛雷斯。"布莱德汉姆把桌上的液晶屏转过来给正崎看，里面放的是弗洛雷斯之前和亚历克斯通话时的影像。"从观察到的样子来看，他还有正常的思考能力，这个状态也有可能是已经被'曲世'操控了吗？"

"是的。"正崎用冷淡的声音答道，"那个女人接触的原本就是有权力操控选举的人，那些人要是神志失常了，也就派不上用场了。"

"d 市、n 市……"布莱德汉姆把液晶屏转了回去，另一个窗口显示出标示了五座颁布条例城市的地图，"如果曲世依次去了每座城市，控制了当地领导人，我们是不是可以通过出入境记录追踪到她的行迹？"

"应该很难。"

"为什么？"

"她不一定依序去了所有城市，有可能只是事先布置好的计划如期运转起来了而已。"

听正崎善这么说，布莱德汉姆陷入了思考。确实，如果曲世可以预先部署好一切，她本人就没有必要再去每个国家走一圈了，只要提前几个月或几年做好准备工作就可以了。曲世的"超能力"威力如何还是个谜，既然是个谜，布莱德汉姆就不能断言她没有能力做到这些。

"要是她在政府里边有门道，可能已经用假名出境入境过了。"正崎继续讲述调查之难，"我们也没法凭监控画面锁定她，她的样子是会变的。"

布莱德汉姆皱起眉。要是曲世能伪造行迹，还能改头换面，那出入境记录之类的东西就提供不了任何线索了。

"你也分辨不出她吗？"

正崎善沉默着点点头。与嫌疑人接触最深的人都认不出来，全世界就更没人能认出那个女人了。

布莱德汉姆的视线落到桌子上，他必须做出决策。

有关条例的调查非常重要，它在联合调查局里的优先度也排在前列。此次大规模事件牵连世界上的六个国家，虽说名义上是自杀，可它已经造成了数千人死亡。目前，联合调查局已经为此事分配了大量人力，接下来估计还得继续扩大调查范围。

而另一方面，对于"曲世爱"的调查工作则很难以到位来形容。说到底，这个案子归特别分析处管，仅此一点就很难取信于人。

一个拥有超能力的女人在背后操纵着一切。

布莱德汉姆并不是怀疑从联合调查局调查员与正崎善那里得来的情报的可信度，只是能让他全盘接受这个说法，再为此抽调众多人手的证据还比较匮乏，这是不争的事实。他连"超能力"具体是什么都不清楚，研究起对策来难免受限。

破例任用正崎善，继续让特别分析处搜集情报，就是布莱德汉姆目前的极限了。

布莱德汉姆抬头看向正崎。正崎依旧八风不动地站在原地。

"有没有什么办法可以抓住这个面容多变，在世界各地活动却不留下记录的女人？"

他问得很直接，看来是无计可施了。

正崎善依旧用毫无情感起伏的声音答道：

"通过斋开化。"

"新域域长？"

"那个女人和斋开化是一伙的，她原本就是斋开化带在身边的人。从域长选举到议会选举，一直都和斋开化共同行动，关系匪浅。就算她临时出了国，最后肯定还是会回到斋开化身边，继续为他做事。"

"你的意思是，我们要控制新域，扣押斋开化？"

"让我去吧。"正崎的话里微微透露出强硬，"请派我去日本吧。"

"你虽然是特别调查官，可说到底身份特殊。"布莱德汉姆刻意让自己冷静下来，"你还不是正式的特别调查官，调配和调查权受限。关于赴日调查的事，我会好好考虑，但不保证一定能行。好了，你可以回去了。"

"好的，长官。"

正崎善面无表情地敬了个礼，而后离开了办公室。

布莱德汉姆在仅剩自己一人的办公室里陷入了思考。对于曲世的调查工作可以直接采纳正崎的方案，曲世很有可能会出现在斋开化身边，可让正崎参与其中绝对是一个十分危险的决定。

正崎善的平静是伪装出来的，他的精神状态其实并不正常。曲世一手酿成了巨大的惨剧，她的疯狂侵蚀了正崎善的精神。要是派他去日本，布莱德汉姆不知道他会在什么时候就失控。

不过，要说疯狂，世界上的各个城市认同自杀这件事就说明世界本身已经走向了疯狂。也许在未来的某个时候，精神正常的人会在疯狂的世界面前束手无策。

也许到那个时候，这个男人的存在就很有必要了。

7.

孩子们像一群小奶狗似的围拢过来，其中一个举起了手掌，亚历克斯配合着亮出掌心后，被对方大力击打了一下，传出了响亮的声音。接着，亚历克斯又和十几个人击了掌。

这天晚上，亚历克斯按工作行程造访了公会教堂。这座教堂坐落在金色大楼北面，隔了两条马路。自第四任总统以来，历届总统都到访过这里，因此又得名"总统的教堂"。

教会作为公共社区的一分子，经常会面向居民及信徒举办各种活动，亚历克斯今晚参加的就是一个名叫"爸爸妈妈外出了"的活动。周末傍晚，教会的托儿志愿者会临时接管孩子，孩子父母就可以在教会附近吃饭、看电影。这个活动给予了繁忙的夫妇片刻闲暇，很受欢迎，而亚历克斯牺牲了总统的休息时间，做了接管孩子的志愿者。其实，报社也派人跟来了现场。这么看来亚历克斯是不是尽到了志愿者的职责，就难说了。

和一群孩子击完掌后，亚历克斯加入了读绘本的环节。被托管的都是十岁以下的儿童，比亚历克斯的儿子奥利弗小。父母在孩子年幼可爱时感受到的快乐，连同辛苦得再也不想经历第二遍的记忆同时在亚历克斯的大脑里复苏，令他感慨万千。他把一个三岁上下的小女孩抱在膝头，和孩子们一起听志愿者朗读绘本。《晚安，月亮》是 A 国无人不知的畅销绘本，亚历克斯小时候也听父母给自己读过，讲的是躺在床上的小兔子在入睡前一一问候房子里的物件。

"晚安，房间。"

朗读者开始读了。

"晚安，大钟。"

"晚安，小房子。"

"晚安，不在这里的人。"

听到的内容和记忆里有些偏差，这让亚历克斯微微有点惊讶，他没想到这本书的内容听起来如此孤单。

"晚安，所有角落里的声音。"

画到昏暗的房间后，绘本就此结束，小兔子静静地睡着了。

亚历克斯觉得自己的感受是种错觉，绘本虽然到这里就结束了，可小兔子还会迎来第二天。早晨到来的时候，小兔子会睁开眼，继续过自己的生活。这不是分别，也不是结束。

坐在他膝头的小女孩不知何时已经睡着了。

四散的灯光稀薄地照着圣堂中央，祭坛上的彩色玻璃黯淡无光，已然到了被夜色覆盖的时候。

空荡荡的圣堂里，结束了志愿者任务的亚历克斯独自留在原地。

"咱们离得这么近，却许久未见了啊。"

亚历克斯转头朝向声音发出的方向，只见一名白发苍苍的绅士随同警卫走了过来。海顿牧师唇边留了圈整齐的胡子，对着亚历克斯和蔼地笑了。

"我不好意思见您。"

亚历克斯挠了挠头。他和牧师见过许多次了，不过基本是为了公务，几乎从未以个人身份私下见过牧师，因为他都不怎么正儿八经地来做礼拜。

亚历克斯告诉警卫不必紧跟，警卫说了句"我在门口等您"，便退下了。圣堂里只剩亚历克斯与牧师两人。说不清谁先动作的，总之两人都坐在了礼拜席上，面朝同一个方向，来礼拜堂的人都是这么坐的。

"我今天推了别的事，过来看看。"亚历克斯先开了口。

"感谢您百忙之中专程抽时间过来。"海顿真诚地说，"孩子们也很高兴哪。"

"这么说很不好意思，其实我来也不是因为有多重视这个活动。"

"您的意思是？"

"我不敢去参加另一个活动，我说服不了自己。"亚历克斯再次挠挠头，"是场葬礼，为前几天在丹佛集体自杀的学生们办的。"

牧师沉默地看了眼亚历克斯，亚历克斯一边仰望着昏暗的彩色玻璃，一边继续说了下去：

"我要是去了，肯定就得发表追悼讲话。当着一千多名听众和媒体的面，不单要祈祷死者安息，还要说出制止人自杀的言辞，对无理的死亡宣战，但我还没有做好准备。"

"您是说与自杀做斗争的准备吗？"

"话说回来，就连是不是应该斗争，我都还没搞清楚。"

亚历克斯看向牧师。

"F国的态度是全盘否定，G国还在考虑，日本正在观望。我也和G国一样，正在仔细考虑这件事，可剩下的时间不多了，我必须尽快做出决断。"

"这个问题太难了，本来就需要很长时间思考。"

海顿牧师插了一句，可能是在亚历克斯的表情里看到了烦恼。

"审判权原本就在上帝手上。"

"可我好像非做出判断不可，这是A国总统的职责。那个，海顿牧师……"亚历克斯底气不足地问。"如果我任性地做出了判断，上帝会生气吗？"

"我不知道。不过总统阁下，我想我可以先告诉你一个事实。"

海顿牧师微笑着说：

"神爱世人，他的爱没有止境。"

"那就下周再联系，祝您旅途愉快。"

泰勒放下电话，叹出一口气。刚刚打电话的对象是C国的外交部部长。

首脑峰会即将于数日后开幕，泰勒一直忙着与各国的外长级阁僚沟通协调。按往年惯例，这些工作早就该完成了，只是今年峰会的日程推迟，再加上痛苦解除条例出现，搅得社会局势风云变幻。与各国的合作商谈眼看着就要拖到峰会临开幕前了，泰勒甚至还想，要是能赶在峰会开幕前完成与各个国家的协调，那都算快的了。

"泰勒。"

没听到敲门声，门就开了，进来的是下属尼克。

"发布会在播了。"

泰勒点点头，打开了电视。

电视里，相机的镜头一闪一闪，出现在受访席上的是一个脑门稍宽，梳着大背头的棕发中年人。他亲切地面向记者，以手示意大家停止拍照。

"先这样，请大家安静一下。"

I国阁僚评议会议长卢西安诺·卡纳瓦罗不疾不徐地说。这是I国亚政府举办的官方记者招待会的直播。

同时也是I国总理的卢西安诺·卡纳瓦罗是一位深得民心的政治家，同时也是世界上屈指可数的富豪之一。

卡纳瓦罗原本就在传媒领域颇有建树，收购了好几家国内的大型民营电视台。那时，他以传播权政策的议题打入政界，由此走上了政治家的道路。凭借强大的财力、人脉、媒体背景，卡纳瓦罗一路高升，最终登上了总理的宝座。

受实业家出身的影响，卡纳瓦罗施政一直很重视经济发展。成为总理后，他推出雇佣政策，大幅降低了国民失业率。卡纳瓦罗执政期间，国内经济景气得以好转，国民都十分拥戴他。

"这个，大家都知道，n市宣布要颁布条例了。"

电视上的卡纳瓦罗用的是随意的语气，就政治家的身份来说，他的性格过于开朗了些，这在全世界众所周知。除了富豪以外，卡纳瓦罗能同样深受普通民众的喜爱，很大程度上都有赖于他平易近人的性格。

"政府这边会仔细商讨怎么处理这次的事件，希望n市的市民以及全体国民还是照常生活。"

电视里可以看到，记者席微微有些骚动，然而卡纳瓦罗不为所动。

"哎，请大家冷静思考一下吧。"他就像是在朝面前的记者倾诉一样，"我们之前一直没禁止过自杀行为，自杀是非常私人的决定，不是政令允许了，你就去自杀了。痛苦解除条例出来了，那就趁早死了算了，这绝对不是一个人冷静的决定。大家听我说，这就是普普通通的一件事，普通人正常权衡了利弊，就不会选择自杀。"

泰勒凝神细听着，权衡利弊是卡纳瓦罗常常挂在嘴边的一个词。

"我相信广大市民都有'正常的头脑'，只要不把它哄抬成革命什么的，大家的生活就一切照常，什么问题也没有。"

泰勒点了点头，I国的表态内容他事先已经确认过了，因此也没觉得有多惊讶，他觉得这就是商人出身的卡纳瓦罗会做的决定。

政府不插手自杀的善恶判断，把它交给市场原理去解决。卡纳瓦罗坚信经济的力量，认定市场原理必定会调整社会形势。

它和 F 国的"大事化小"有异曲同工之意，表露出一切照常就什么问题都没有的态度是个好办法，正好给被革命的狂热冲昏了头脑的人泼了冷水。

然而话虽如此，泰勒也知道，政府不可能完全放任不管。n 市是拥有三十七万人口的大城市，城市圈的人流超过百万，规模大小在颁布条例的城市中仅次于新域。n 市有机场，还是铁路、公路交通的枢纽，要维持 n 市的城市功能正常运转，就必须把条例带来的影响压到最低。

在这一点上，卡纳瓦罗向来受人诟病的媒体背景就成了强大的助力，泰勒想。社会上的大部分民众都不可能亲眼看见 n 市的现状，只要媒体不报道，许多发生了的事情完全可以当作从未发生过一样。

"在这个问题上的利弊权衡简直简单至极。"

电视里的卡纳瓦罗不以为意地说，他看起来甚至还有点高兴。

"要是 n 市有几个足球选手自杀了，大家觉得会发生什么？他们本来就赢不了 AC 米兰，这下就更是没戏了，当然免不了要降级。我想这个结局，n 市的市民还是能想象到的。"

泰勒皱起眉，他没去看记者团的反应，直接关掉了电视。在 I 国，卡纳瓦罗的口不择言已经成了他的标签之一，以致民众对他有一定的容忍度，可刚刚的那番话究竟是止步在失言的边缘，还是确确实实已经失了言，泰勒觉得很难判断。往最好的方向解释，或许可以说卡纳瓦罗是有意用另一个"热点"减少关于条例的报道，不管怎么样，现在似乎应该缓一会儿再给 I 国外长打电话。

泰勒拨出内线电话，叫尼克来自己的办公室，尼克很快就到了。

"记者招待会玩脱了。"

"真是的。总统呢？"

"没联系我们，估计是还没想好，剩下的时间不多了。"

"是啊……"泰勒看了一遍手里的峰会日程和会议前后的安排，"如果只开主会的话，多少还能再多争取一点时间。"

尼克走到办公桌边，探身看桌上的计划表。七国首脑会谈开始前会先召开 A 国和 C 国、A 国和 B 国之间的单独会谈，此外还安排了和南亚两国的短暂会晤，泰勒的意思是要取消这些计划。

"直接进入正式会谈吗？"

"现在这个样子，取不取消差别不大，能电话里谈的就都先谈好。"

"总统应该很乐意这么做。"

"那就好。"

"您可真是个忠心耿耿的大臣啊，不对，比起大臣，可能更像幼儿园的老师吧。"

泰勒哼笑了一声。

"任何一个时代，掌握真理的基本都是孩子。大人觉得自己什么都懂，然而实际上，人的成长同时也是蒙蔽自己的过程。"

"您是说，我们看不到的东西，总统可以看到吗？"

"嗯。我们看不见无所谓，只要有人能告诉我们看到了什么就可以了。"

"说实在的，我不擅长和孩子打交道。"尼克耸耸肩，"不好意思，带孩子的事就交给老师您了。"

"说什么呢，这没什么难的，就是打一棒子给颗枣。"

泰勒说着就拿起圆珠笔，在计划表上圈出了在峰会前的单独会谈，然后画了个箭头，把所有的单独会谈插到了峰会之后。

"玩了多少，就要用作业补回来多少。"

尼克嗤嗤地笑了，"我去协调。"

三小时后，泰勒联系了亚历克斯，告知他日程有所调整，给他多空出了少许时间。听到这话，亚历克斯的声音明显更有精神了。至于峰会后的安排，泰勒决定留到以后再说。

9

"党内也出现了责难之声。"

下议院院内总务，议员惠勒严肃地说。

埃德蒙·朱利安尼来到了院内总务的办公室。他将身体深陷进沙发里，听到惠勒的话后点了点头，看起来一副和善的老头模样。

"我们应该尽早表明对于条例的反对立场。"惠勒责备了埃德蒙一句。他是下院的党代表，有督促议会的资格。"如果反应太慢，就会被共和党揪住辫子。一些年轻的议员群情激奋，已经扬言要直接找总统谈判了。"

"这些我都知道。"埃德蒙平静地说，"能帮我再压一阵子吗？"

惠勒故作夸张地摇了摇头："埃德蒙，我的立场也是反对。那帮年轻人是对的，我没道理制止他们。"

"是吗……"埃德蒙嘴里咕哝了一阵，"对了惠勒，你们那儿发展得还挺好吧？"

惠勒皱起眉。

"没什么变化。"

"赌场也一切顺利吗？"

惠勒的眉头皱得更深了。他在当地经营着一家赌场。

"你想说什么？开赌场是合法的。"

"也没什么。我这个人不赌博，对这行不太了解。不过我想，一旦涉及金钱，人大概就会红了眼吧，打架闹事什么的估计都是家常便饭了吧？"

惠勒变了脸色。

来这里之前，埃德蒙手里已经掌握了一些消息。他知道惠勒经营的赌场上周发生了一起黑手党成员的斗殴事件，后来有人找当地警察疏通关系，平息了这件事。

"好了，闲话就说到这儿吧……"埃德蒙坐在沙发上仰视着惠勒，谦逊地说，"拜托你了，好吗？"

坐车从议事堂回金色大楼的短暂路途中，埃德蒙浏览了各部门发来的汇报邮件。第一封说的是会见基督教教会联合会的事，第二封是访问了某国的上议院议员发来的当面汇报申请。埃德蒙照章处理完邮件，把它们编进了总统的日程里。

打开下一封邮件后，埃德蒙停下了手上的动作，第三封是联合调

查局局长布莱德汉姆写的汇报。

在讲述了峰会举办期间的反恐布置，与当地警察协作的安保手段等必要信息后，布莱德汉姆最后又故意加了一则简短的汇报，提到的还是那则"灵异事件"。报告讲了关于那个可以操纵人心，甚至让人产生自杀倾向的女人——Ai Magase 的调查进度。

它的内容非常简洁，布莱德汉姆提到现在的调查毫无进展，要是想有突破，就必须扩大调查规模。埃德蒙觉得自己仿佛都能看到机器人平淡地陈述现状的表情。

他停下动作，微微思考了片刻。

报告里还提到了展开国际调查的设想。可说句实话，要让 A 国在日本或其他国家展开大规模调查，抓捕那个女人，就太过兴师动众了。如果对方是大型恐怖组织的头目，这么做倒无可非议，可他们眼下还无法判定那个女人是不是同等重要。把一个"疑似拥有超能力的连环杀人魔"当作目标，其中的不确定因素太多了。他们不了解对方的底细，甚至都不确定对方是否与 A 国形成了敌对，举国对付那个女人的理由显然不够充分。

可若置之不理，埃德蒙的心里又隐隐感到不安。这抹不安同样源自于对女人了解甚微，看不出女人的真实面目。

埃德蒙不相信所谓的超能力，然而抛开合理与否不谈，倘若真有人能随心所欲地操纵人心，这个人就太具威胁性了。这个世界几乎所有的一切都是人为打造的，能够操纵人，就等于能够操纵世界。

就在刚刚，为了给亚历克斯留出更多时间，他还亮出了手里的一张牌，操纵了院内总务。迄今为止，埃德蒙也操纵过很多人，有时是靠褒奖，有时是靠威胁，正因如此自己才能在政界走到现在。埃德蒙深知操纵人心有多难，以及成功之后会得到多么巨大的利益。

他在想象，想象那个似乎拥有和自己同等力量的女人会是什么样子。

情报显示，女人使的手段是"姿色"。

这个埃德蒙完全可以理解。出卖色相自古就是操纵人心的典型手段，使美人计的先例不胜枚举。

美人计分两种，一种是以色相笼络对方，掌控对方，一种是以性关系为要挟，胁迫对方为己所用。中第一种招的人为的是性欲，中第二种招的人为的是保住名誉地位，哪一种都足够成为受制于人的理由。

可埃德蒙同时也知道，两者中的无论哪一种都只能在"一定程度上"控制住他人。

当天平的一端是性欲或自保时，倘若放在另一端的砝码更加重要，美人计也就失灵了。只要下定决心，不为美人计所惑，其要挟就会失去力度，性欲则更是禁不住考验。把它们拿来和"死亡"做较量，简直是最愚蠢的行为。命没了，性欲、自保根本就没有任何意义。

可这个女人却做到了。

埃德蒙的想象遇到了阻碍。究竟是什么样的姿色才能让男人疯狂到那种地步呢？为了一个女人寻死……就在这时，埃德蒙猛然回想起来，历史上其实不乏为一个女人寻死的男人。他先前只想着美人计，没注意到另一个可能。

男人是可以为女人而死的，如果那个女人是他命定的恋人。

"femme fatale。"

埃德蒙低声说了个具有双重意义的词组。它有"命定之女"的意思，同时也表示将男人引入毁灭的"致命女人"。

"真是个不可思议的罪犯。"

埃德蒙从鼻子里哼笑一声，在邮件里写下了要对这个扑朔迷离的女人采取的处理方式：在小范围内展开国际调查，维持现状，对日本政府施压，同时发动当地的调查部门。写完这些，他把邮件发了出去。

处理完邮件，埃德蒙怀着玩笑的心思上网搜索了"femme fatale"。在线词典上有详细的解释，列举了这一类女人的典型特征。

"神秘感与危险感。"

"滥交。"

"排斥母性。"

"恶人。"

10

艾玛·伍德正在看一本大开本的书。

这是她最近认识的一位画家的画集。艾玛从街边走过时，偶然看到了书里的一幅画，心里很喜欢，就订购了这本书。看了几幅画后，艾玛确实挺喜欢画家的画风，就想再多了解一些。她在网上搜索画家的名字，恰巧发现这位画家正在办个展，展期还剩十天。

艾玛给自己的私人秘书打了个电话，问能不能在行程里空出一段时间，能干的秘书马上就为她调整了日程安排。艾玛道过谢后，挂断了电话。她的心里满是期待，觉得自己十分幸福。

二十几岁的时候，艾玛从没想过自己有一天会当上第一夫人。那是自然，毕竟她从没想过亚历克斯会当上总统。然而命运把亚历克斯推上了总统的位置，也把她推上了第一夫人的位置。

不过，艾玛依然还是从前那个艾玛。

艾玛人生中一直在做自己喜欢的事。她喜欢什么，就会全身心地沉迷其中，一旦觉得腻了，又会很快抽身而出，不喜欢的则绝对不碰。无论是在当上第一夫人之前还是之后，这一点都没有变过。幸运的是，目前第一夫人的名号对艾玛而言起到的是积极作用。虽然当上总统夫人后，她要做的更多了，可与此相应地，能做的也更多了。碰到了自己想做的事时，地位会赋予她自由。

对艾玛而言，头衔就只是一张好用的通行证。

所以，如果这张通行证要强迫艾玛做自己厌恶的事情，她大概会毫不留恋地将它抛弃。离婚也没什么大不了的，与亚历克斯在一起并不意味着他们非得保有法律制度上的那层名义。

艾玛热爱自己的人生。

她发自内心地热爱自己以往及今后的人生，艾玛生活在巨大的幸福感中，仿佛活着就已经是极好的一件事了。

她希望自己最爱的家人，亚历克斯与奥利弗也能如此活着。

对奥利弗，艾玛不怎么担心。奥利弗完美继承了亚历克斯和她的优点，又养成了极其正直的品格。只要上帝没昏头，他一定会拥有幸福的人生。

然而亚历克斯却不一样。他笨拙、畏缩、孩子气，如果丢开不管，他到哪里都要吃亏。担任 A 国总统一职就是最好的证据，世界上没有比这还吃亏的工作了。当亚历克斯为解决问题苦苦思索时，党内党外，各国代表，以及民众全都在不断指责他。

即便如此，民众还是需要他，艾玛想。

艾玛觉得亚历克斯和自己很像。这要是让亚历克斯知道了，他大概会露出费解的表情，可像就是像，没什么好费解的。在思考某件事的时候，两人最后总会得出大致相同的结论，只不过艾玛凭的是直觉，而亚历克斯凭的是研究调查，因此只在速度上有很大的差异。

那是不是快些得出结论比较好呢？实际情况截然相反。

艾玛的结论终归只属于艾玛自己，只能成为她一个人的行动指南。如果有人要求她解释其中的道理，她是办不到的，连她自己都不清楚结论是怎么来的，真要解释起来，只能说是上帝给的启示。

而亚历克斯的路是一步一步走出来的。他会边在地图上留记号，边闷头探路。亚历克斯可以向任何一个人解释自己的推导过程。他是开拓者，给后头的来人树立了路标。

这样的亚历克斯从未生出过半点引领他人的想法，他所做的只是遵从自己的性格与兴趣，铺设道路而已，至于后继者会因此蒙受多大的恩惠，他没兴趣了解。亚历克斯眼里只看得到前方，只看得到空茫茫的一片。正因如此，他才能纯粹而客观地思考，得出不受任何事物干扰的判断。

思想家。

A 国国民应该再多感谢上帝一些。

因为，有亚历克斯这样的人担任总统是民之所幸。

楼梯有脚步声响起，为迎接与自己十分相像的最爱，艾玛合上了画集。

11

十九点五分，结束了有关工人抗议活动的记者见面会后，亚历克斯走上了通往金色大楼居住区的楼梯。在泰勒的协调下，亚历克斯的日程里空出了相当长的一段时间，可他还是得处理寻常的公务，自然不可能花几十个小时集中思索一件事。

上到二楼后，他在东起居厅的窗边发现了艾玛的身影。艾玛合上了手里的书，对着丈夫露出微笑。每次看到妻子的笑脸，亚历克斯都会想，这个人为什么会和我结婚呢？

"奥利弗呢？"

"打篮球还没回来。"

"真是比总统还忙。"

"你这个时间本来也是有公务的嘛。厨房的人来抱怨过。"

"怎么了？"

"说是招待宴取消了，食材都剩下来了。"

"啊……是我的不对。计划变得太突然了，来不及通知他们。"

"进展不顺吧。"

"是啊。"

"你啊……"

"嗯？"

"走进死胡同里了吧？"

"这个……"亚历克斯这才意识到艾玛已经转到了另一个话题上，连忙跟上妻子的步调。艾玛说话常常很跳脱，亚历克斯二十年前就放弃了让她在转换话题时预先通知一声的想法。"是啊，走不动了……"

"没办法，你本来就不擅长思考。"

"嗯，这个嘛……算是吧。"

亚历克斯没有反驳，他觉得艾玛说得很对。

亚历克斯喜欢思考，只要有时间，他可以一天连续思考二十四小时。可喜欢和擅长完全是两码事，"越喜欢就越擅长"终究只是一种理想主义，现实只存在"喜欢却不擅长"的情形。众人给亚历克斯起了个"思想家"的绰号，然而实际上，他最常思考的是自己应该思考些什么，这个过程不是求解，而是彷徨。

现在，亚历克斯依然正在彷徨。他还没有出发，而是在找寻出发点。

"还没找到顺畅的路……"亚历克斯垂下头，吐出了泄气的话，"不知道是信息量不够，还是……"

"不对。"

干脆利落的一声响起。亚历克斯抬头看向妻子，只见艾玛起身走过来，给了自己一个吻。亚历克斯迷茫无措。

"怎么刚刚想起来要吻我？"

"是上帝叫我这么做的。"艾玛笑容明媚地说，"亚历克斯，我来教你一个道理。世界上不存在所有信息一应俱全这回事，必要的东西以必要的程度凑齐在一起就已经算是奇迹了。现实里往往有太多不足，你今后也只能在甚至都不知道信息是过量还是不足的情况下硬着头皮往前走。但是没关系，这对你来说不是难事，因为上帝送了你一件非常珍贵的礼物。"

"……是什么？"

"直觉。"艾玛就像揭露真相的侦探一样，自信满满地说，"你只需要寻找眼里看到的，感官上不想放过的，让你脊背颤抖、股间一紧的东西就可以了。要是那个东西在你身边，直接握在手里就好，不要在意时间。你就寻找到自己觉得够了为止，思考多久都没关系。这就是你的工作、任务，是唯独你才有的价值。"

"这……"

亚历克斯感到困惑。艾玛的建议实在太吸引人了，甚至让他听完后产生了退缩的念头，自己真的能像这样彻底随心所欲地活着吗？

不过，既然这话是从艾玛口中说出来的，就算没有根据，它应该也是正确的。

"真的可以这样吗……"

"可以。"

艾玛再次说出一段没有根据的话。

　　"如果有什么问题，泰勒、埃德蒙会想办法解决的。我和奥利弗，还有所有 A 国国民都会支持你，因为你是 A 国总统。"

　　"那真的是太好了。"

　　亚历克斯为自己的总统身份和拥有艾玛这样的妻子而心怀感激，不过他很快就忘却了这份心情。听完艾玛的鼓励，亚历克斯的整个大脑已经全被想做的事占据了。

　　亚历克斯看了眼时间，现在是十九点十二分，他立刻拨出了一通电话。

　　二十点三十分，一开始预定的菜肴送到了二楼的私人餐厅。被告知客人来历的专职厨师长匆匆制作了独创的海鲜沙拉，不过亚历克斯接受不了生鱼，他吃的是另做的一道牛油果沙拉。

　　"不好意思，我向来吃不惯这个……希望你多包涵。"

　　"没关系。"

　　坐在餐桌对面的正崎善冷淡地回应了一句。

　　一个半小时前，亚历克斯下定决心后就联系了埃德蒙，说他想见见特别调查官正崎善。艾玛建议顺便一起吃个晚餐，亚历克斯采纳了艾玛的建议，决定在私人餐厅开一个简单的晚餐会。

　　私人餐厅是总统及其家人的用餐场所，通常不会有客人前来，招待客人的晚宴一般在国家宴会厅或家庭餐厅举行。来客只有一位时，招待客人去家庭餐厅比较合适，而亚历克斯这次特意选择了"家里"。难得见一次面，亚历克斯希望两人之间的距离能比上次在总统办公室见面时更近一些，和对方好好谈一谈。

亚历克斯和艾玛并排坐在餐桌一边，对面坐着正崎。亚历克斯看了眼默默就餐的正崎。正崎身穿衬衫，打了条黑色的领带，刚刚还穿在身上的夹克外套也是黑色的。

"你是不是很喜欢穿黑色套装？"亚历克斯问，正崎停下就餐的动作。

"在日本的地检特搜部，这就像制服一样。"

"原来是这样。你已经不是检察官了，可以穿自己喜欢的颜色了吧，是没别的款式可穿吗？"

"有几件。"正崎说到这里，微微顿住了。他略微思考了一阵，然后再次开口说："我刚来不久，现在手头没别的样式的衣服可穿。"

第二道菜端了上来，是烤牛肉。侍者说，牛肉选用的是产自日本的和牛。亚历克斯原以为厨房会直接用招待宴取消后剩下来的食材做点什么，没想到认真的厨师长会特意切合日本人的饮食习惯制作料理。

"Zenn・Seizaki[1]"艾玛用有些生硬的发音问他，"'Zenn'指的是'禅'吗？佛教的那个……冥想。"

"不是，它在日语里是'good'的意思。"

"good？"

"good and evil。good是'zenn'，evil是'aku[2]'。"

"善。"艾玛重复了一遍，"真是个好名字。"

---

1 Zenn・Seizaki："正崎善"的日语发音。

2 Aku：日语里"恶"字的发音。

　　"谢谢。"正崎回道。他的态度一点也不热情，从被叫过来到现在，他一次都没有笑过。

　　亚历克斯听着两人的交谈，内心隐隐有种奇异的感觉，却不知道是怎么回事。大概是由于两种语言混杂其中，让自己发生了格式塔崩溃[1]吧，亚历克斯想。

　　烤肉、意式烩饭、套餐陆续端了上来，晚餐在安静的氛围下进行着。艾玛不断抛出话题，亚历克斯也时不时地问几个问题，正崎却只是问一句答一句，答得也极尽简洁，他们就没能聊开。和日本人聊天大都很难聊得下去，无论对方是不是政治家，哪怕是这样，和自己见过的所有日本人相比，眼前这个都是最不好聊的一个，亚历克斯想。

　　甜点上来后，有人跑上了楼梯。

　　"妈妈！"

　　兴奋的声音响起，随后奥利弗出现在餐厅。背着书包的奥利弗走进餐厅后看到了正崎，脸上露出疑惑的神情。艾玛介绍说：

　　"这是正崎善先生，他是联合调查局的人哦。"

　　"联合调查局。"奥利弗的眼里透出好奇。

　　"什么事？"艾玛问，"刚刚不是叫我来着？"

　　"等下再说，那我先走了！"

　　奥利弗的态度一下子变得恭谨起来，说完就离开了餐厅。亚历克

1　格式塔崩溃：源自戏说成分居多的"格式塔崩溃实验"。格式塔是一种心理学理论，强调整体性。这里可理解为对话里夹杂了两种语言，因此整体理解起来感觉涣散。

斯和艾玛微笑着转过头来，看到目送奥利弗离去的正崎也微微牵动了嘴角。艾玛有些惊讶地问：

"你喜欢小孩子？"

正崎的笑意消失了。听到艾玛的问题，他只意味不明地摆了摆头，不置可否。

只剩落地灯柔柔地照着夜晚的书房。亚历克斯下了命令，正崎才终于坐在了沙发上。

"喝点什么吗？酒怎么样？"

"不用了。"

"哦，那正好，我也不太能喝酒。"

亚历克斯的酒量一直都不好，经常出席招待会和晚宴的国家总统不会喝酒，这是他政治生涯里的又一项弱点。不过亚历克斯又不是非得喝酒，他本人也不太在意自己酒量不好的事实。再说了，醉酒时说的话不会得到他人的信赖。

亚历克斯倒了两杯矿泉水放在茶几上，坐到了正崎对面。

"不好意思，突然间叫你过来，耽误你工作了吗？"

"没事。"正崎用机械的声音回答说，"我现在还不是正式的调查官，能做的事情有限。"

"是吗，也对。"亚历克斯想起来了，"这件事我们正在讨论，流程挺烦琐的，不是我批准了你就能立马转正。"

"有劳您了，希望可以尽快办妥。"

"你为什么想当正式调查官？"

亚历克斯抛出了自己单纯的疑问。虽说还不够正式，可正崎善怎么说都已经是联合调查局的特别调查官了，他现在可以从事调查工作，转正并不会给他带来多么重大的转变。

"我想参与特别调查。"正崎答道，"就是在日本的调查活动，非正式职员很难被派往海外。"

"你是想调查 Ai·Magase 吧？"

"是的。"

"Ai……你名字里的'善'我懂了，'Ai'在日语里又是什么意思呢？"

正崎声音冰冷地说：

"'Ai'就是爱。"

"爱？"

正崎沉默着点点头。亚历克斯眨眨眼，接着又说：

"这个名字可真是……讽刺啊。"

亚历克斯想到了许多种"爱"。

亲人之爱，邻里之爱。

上帝之爱。

他想起了海顿牧师。海顿牧师说，神对世人的爱是没有止境的。亚历克斯不了解爱，因此他也不知道，爱是不是可以用有限无限、多或少来描述。

无限的爱是指时间漫长的爱吗，还是指无论对方做了什么样的坏事，还会依然爱着对方呢？

"总统阁下。"

亚历克斯抬起头。他还沉浸在自己的思绪里，所以沉默着没有开口。面前的正崎问了个问题：

"您今天叫我过来，是为了打听曲世爱的事情吗？"

"啊，不是……"措手不及的亚历克斯收拢心神，让自己的思绪回到现实中。

"这方面的事我都交给联合调查局了。我自己再怎么想也没用，希望布莱德汉姆和你能找到最好的应对办法。"

"那是为了？"

"这个嘛，其实呢……"亚历克斯努力思索着如何表达自己的想法，"我找你不是为了聊那个拥有异常能力的女人……我想和你聊一聊'自杀'。"

"……这是什么意思？"

"这几个星期以来，我一直在思考自杀，现在也是。"

亚历克斯看了眼正崎的眼睛。他看正崎的眼神并不锐利，而是透露着探寻，甚至可以说畏畏缩缩的——他觉得自己是在强行涉猎不擅长的领域，以及强行触碰他人的情感神经。

"如果戳到了你的伤疤，非常抱歉……你要是不想听的话可以制止我，用不着有所顾虑。"

亚历克斯慎重地开口了。

"我把讲述你遭遇的资料从头到尾看了一遍。你以日本检察官的身份调查新域，在此过程中，你的同僚自杀身亡。为了找出真相，你开始深入调查，还见证了痛苦解除条例首次公布于世的情景，亲眼看见了几十个人在自己面前自杀。"

正崎表情冷硬地听着。

"之后，你领导了一支专门调查斋开化的特别调查小组，为抓捕斋开化四处奔走，然而最终……你领导的调查小组成员全员丧命，二十四人自杀，一人被杀。"

正崎毫无反应。亚历克斯看着他的脸，觉得那就像一栋从里面钉上了木板、强行固定住的老房子，脆弱得一场飓风就能吹散。

"这两个月以来，你目睹的死亡大概比世界上的任何一个人都多，你近距离观察到了那个条例存在的世界。"

亚历克斯横下心，踏进了老房子。

"所以，我想问你，你是如何看待自杀，看待人的死亡的呢？"他盯着住在房子里的人说，"问这个问题的目的是判断条例正确与否。"

亚历克斯觉得，自己现在做的事情非常荒谬，非常不人道。

他在问一个失去了几十名同僚，部下也惨遭杀人魔虐杀的男人是什么心情。这个问题正常人问不出口，也答不上来。

可现在的亚历克斯必须问这个问题。毫无缘由地，他的直觉告诉自己这是正确的选择。所以，亚历克斯别无他法，只能赤脚踏进正崎善的内心。

亚历克斯唯一能为正崎做的，就是不掩饰自己的愚蠢。为了不欺骗正崎，不伪装自己，他要当面对正崎直截了当地提出自己的请求。

因为这个理由，亚历克斯才想把正崎邀请到自己家里，和他共进晚餐，才想撇开总统的身份，以一个普通人的立场问出这个问题。这是亚历克斯可以对正崎展露的最大敬意了。

正崎一言不发地回望着亚历克斯的眼睛。

一阵寂静。

如同亚历克斯不再把自己当成总统一般，这一刻的正崎或许也没再把自己当成调查官。亚历克斯想，自己就算被打了也认命，这是他唯一的想法。

好像过去了几秒，又好像过去了几十秒，就在亚历克斯快要感觉不到时间流逝的时候——

正崎的嘴巴动了，像是要咬碎什么一样。

"假的。"正崎说，"我撒了谎。"

"假的？你是指？……"

"我刚刚说，想成为正式的调查官，参与日本的调查活动，这是谎话。我想当调查官其实另有原因。"

"是什么？"

"当了调查官，我就能拿到枪。"

亚历克斯瞪大双眼。

"你……"他的眉头自然而然地皱了起来，"你是想杀了那个女人……杀了曲世爱吗？"

"嗯。"

正崎善干脆地说。

亚历克斯难掩无措。这种话不能随便说，也正因如此，亚历克斯清楚地知道，这就是正崎善的真实意图。正崎给出了实实在在的回答，两人都对彼此开诚布公。

"你想报仇？"亚历克斯问，"为死去的和被杀的同伴。"

正崎垂下视线，再次搜寻起合适的措辞，看起来像是正在确认自己的想法。

亚历克斯等了一阵，只见正崎嘴角微微流露出笑意。

"我以前有个下属。"正崎开始讲述起来，用的是亚历克斯从未听过的语气，"他是个年轻的小伙子，做事还行，但是心理幼稚、脆弱，碰到强者就乖乖屈服，也没有能力掌控弱者，光是为守住自己的底线就费了好大的气力。我觉得他在检察机关这样的组织里待不长久，还对他说过不如早点辞职。"

正崎一边说，一边微微摇头。

"是我看错了。他经过自己的思考，找到了在检察机关里追寻理想的途径。他说要成为和我一样的检察官，靠自己的力量实现自己的理想。是我有眼无珠了，他就是当检察官的料，没人比他更适合这个位置了。但在那之后没多久，他就上吊自杀了。"

亚历克斯的脸由于困惑而扭曲了。

他竭力咽回了已经冲到喉间的话语。

为什么？

"我从前有个朋友。"正崎接着说，"他是个得过且过的男人，当的是刑警，浑身上下却没有一点正气凛然的气质，整个人吊儿郎当的。他清楚地知道自己做得到什么，做不到什么，能做的就做，绝不逞强。他是个正直又有自知之明的人，我一直觉得这样的人非常可靠。但他拿枪爆了自己的头。"

亚历克斯失语了。

他说不出一个字。

"还有一个人……我没办法准确地形容她。"

正崎继续讲述着一条人命轻易消逝的故事。

"她是我的一名女性下属，不过除此以外，我大概还对她抱有别的感情。"

"……是爱吗？"

正崎摇摇头。

"不是男女之情……我肯定是……对，我对她怀着憧憬。她是个奉行正义的女孩，从心底里相信正义，自己也立志做一个正义的人。那时，一只脚已经踏进罪恶的我，对宛如正义化身的她满怀敬意。我觉得，她不可以被染黑，她一定要保持纯白无瑕，因为那就等于守护了正义。"

正崎的话音到这里就断了。

亚历克斯在心里呼喊：不要再说了！他看过资料，知道接下来发生的事情。然而即便如此，内心里还是忍不住呼喊道：求求你了，不要再说了！

可亚历克斯心里的呼喊并没有化作说出口的语言。

所以，正崎继续说了下去：

"她被活活砍成了好几块。"

亚历克斯紧紧攥住了胸口的衬衫。他感觉如果不这么做，自己就会四散开去。

亚历克斯事先看了资料，知道发生过什么。然而直至此刻，他才终于理解了正崎的感受。亲眼看着完全没有愈合的伤口暴露在自己眼前汩汩流血之后，他终于深深体会到了正崎的痛苦。

惨无人道的虐杀。恐怖的女人。

杀人魔。

曲世爱。

亚历克斯直白地想，自己绝不要碰上这个女人，一句话也不要和她说。他在心里祈祷着，请求这个女人千万不要出现在自己的人生中。

"你问我是不是想报仇，我无法否认。"正崎说，"我厌恶她，憎恨她，愤怒快让我的大脑失去理智了。还有另一件事我非常确定。"

正崎抬头看向亚历克斯。

"那个女人是恶魔。"

这句话如同烙印一般深深刻在了亚历克斯的脑海里。

恶魔。

"这个人非杀不可。为了世界与所有人，我必须了结掉这个女人的性命，否则今后还会有人不断死去。所以……"

"我要杀了她。"正崎说。

亚历克斯无法移开视线。

正崎坦诚地说出了一切。

　　显然，这些话并不适合挑明了说。因为杀人得有枪，所以想当调查官，亚历克斯听到了这种话，根本不可能批准正崎的申请，要是把这事告诉布莱德汉姆，他肯定也不会同意。正崎想达成自己的目的，最好的办法就是保持沉默。

　　可他却把话挑明了。

　　亚历克斯觉得，他明白正崎开诚布公的理由。

　　"这么做……是对的吗？"

　　亚历克斯问。这既是他单纯想知道答案的疑问，也是他认为自己眼下唯一能问的问题。

　　正崎的脸上微微，且还是第一次出现了变化。

　　踌躇一阵后，正崎给出了回答。

　　"不知道。我现在还一直在想这个问题。"

　　亚历克斯明白了正崎想表达的什么，那也是正崎的真实心声。

　　夜深了，两个人影待在连接两间卧室的大厅里。亮光透过半圆形的大窗照进昏暗的房间，窗外能看到金色大楼的其他建筑。

　　亚历克斯和正崎善倚靠在窗边，中间隔着玻璃杯。亚历克斯端起其中一杯，抿了口杯中的液体。他摇摇头，很快又把杯子放了回去。

　　"烧喉咙。"

　　杯里装的是波旁威士忌。亚历克斯打量着拿过来的酒瓶，这酒看着十分高档，可喝起来却像严禁添加在食品里的化学药剂。

　　"酒劲很大。"

正崎说着，面色不改地喝着杯中的酒。比起四十七岁的亚历克斯，三十二岁的正崎喝酒看起来老到多了。

一开始说要喝酒的是亚历克斯。他说不清是为了什么，只是觉得时机正好，好像到了该喝酒的时候。亚历克斯提议喝酒也是因为相信艾玛教他的要相信直觉，然而仅仅抿了两口之后，他就开始后悔了。

"你家里几口人？"

亚历克斯问。正崎放下酒杯：

"妻子，还有一个儿子。"

"和我一样啊。他们现在在东京？"

"我托了信赖的朋友帮忙照顾。"

"有相片吗？"

正崎在西装内侧摸索了一阵，掏出来的还真是实实在在的纸质相片。本以为他会拿出手机的亚历克斯吃了一惊。

"我没有用手机拍照的习惯。"正崎看到亚历克斯的反应后解释道，"只带了一张过来。"

亚历克斯接过照片细细端详。照片里是正崎的妻儿。日本人看着本来就显小，亚历克斯觉得正崎的妻子尤其显小，简直就和十几二十岁的年轻姑娘没什么两样，孩子看着也非常可爱。

"真可爱啊。"亚历克斯诚恳地说，"孩子看起来就像个小女孩一样，他多大了？"

"六岁了。"

"奥利弗这么大的时候就是个讨厌鬼……现在看着有大人样了。"

"他应该很聪明。"

"那小子脑袋灵光，比我聪明多了。"

亚历克斯自豪地挺起胸，正崎也微笑着以示回应。

照片里母子二人幸福地笑着，看不到半点不安。

"你的妻子很阳光。嗯……天真烂漫……该怎么说呢。"

"不好意思。"

"为什么要道歉？"

"劳烦你费心想怎么夸人了。"

"怎么会呢，没有的事。"

亚历克斯打着哈哈，又看了眼照片。从这个一脸笑容的女性身上感觉不出丝毫阴霾，她和孩子站在一起，看上去就像一对姐弟。只是，和六岁的孩子像姐弟，这也说不清算不算夸人，亚历克斯想。

亚历克斯把照片递还给正崎，正崎用珍爱的目光看着照片。

"她身上那股能够冲破一切的阳光开朗一次又一次地拯救了我，不单是情绪上的，还有外观上的。我自己挑衣服的时候，选的尽是黑色。"

一身黑色套装的正崎说道，亚历克斯想起了他们晚餐时的对话。

现在，正崎的妻子不在他身边。

"如果杀了曲世爱，你就回不去了。"

这句话从亚历克斯嘴里脱口而出。

亚历克斯说的是事实。一旦正崎达成了自己的目的，迎接他的很有可能就是这样的现实。

杀人凶手会被逮捕、审判，无法回到心爱的家人身边。

即便如此——

"你不打算回去了吗？"

正崎把照片收进怀里，避开亚历克斯的视线，开口说：

"我已经托了可靠的朋友帮忙照顾他们。"

"是吗……"

对话没再继续。亚历克斯听出来了，正崎已经做好了杀人以及杀人之后将面临什么的心理准备。

有一个瞬间，亚历克斯心里划过一个念头：他要舍弃家人，成全自己信奉的正义吗？然而这个想法很快就被否决了。正崎不是舍弃了家人，而是想讨伐恶人，同时守护自己的家人。他是为了打败杀害他人家人，或许还会杀害自己家人的杀人魔，守护人的性命。

这么做对吗？

算是行善吗？

亚历克斯不知道，更无法告诉正崎完美的答案。他还没想过这个问题该如何解答。

然而，亚历克斯还是可以自信地说出一件事。那是他从以往的人生中获取到的真理，是可以适用于任何情况的普遍真相。

它就是，无论面临多么难解的问题，现在想不到答案，不等于以后也想不到。

亚历克斯从窗边站直身体，转头看向正崎。

"联合调查局调查官，正崎善。"

为了体现公事公办的立场，亚历克斯说的是对方的所属机构和全名。正崎立刻站直身体，调整好姿势。

"我在此任命你为正式调查官。手续办完后，联合调查局将为你配枪，作为武器装备。"

正崎善神情凛然地听着，大脑思考起亚历克斯此举背后的意义。

"正崎调查官。"

"在。"

"你是日本人，所以可能不太了解，我们 A 国的总统被赋予了极大的权力。总统是国家元首，也是军队的最高司令官，拥有行政权，甚至可以指定法官、大使、各政府部门领导以及其他所有联邦公务员的人选。你现在是联合调查局的正式调查官，也就是联邦公务员。我要告诉你的是，今后对于我的命令，你只能回答'好的，长官'，明白了吗？"

"明白了，长官。"

正崎当即遵从了亚历克斯的指示，亚历克斯满意地点点头。

"现在我要对你下命令了，正崎调查官。"亚历克斯面对自己的"下属"说道，"你一定要回到自己的家人身边。"

正崎的眼睛瞪大了。他感到非常吃惊，接着又陷入了思考。

"无论怎么做，无论使用什么手段。"

亚历克斯的命令说完了。这个命令非常抽象，正崎要思考如何完成它。

亚历克斯任命正崎为正式调查官，还给他配了枪，一把杀人的枪。

可要是用这把枪杀了人，正崎就回不到家人身边了。乍看起来，亚历克斯的言行似乎非常矛盾。

可亚历克斯自己并不觉得矛盾。

因为他相信，这个问题肯定有解决的办法，一定有一个答案是他自己和正崎尚且没有想到的。

"明白了吗？"

正崎下定决心后回答道：

"明白了，长官。"

12

银灰色头发的男人慌慌张张地看着面前，视线逡巡在桌上播放着什么的平板电脑上。

"现在插播一条快讯。"

屏幕上显示出大红色的飘带图案，白色的文字浮现在飘带上——重磅消息，12:03。

"就在刚刚的十二点整。"

画面切换成了地球的 CG 图像。地球旋转的过程中，欧洲地区逐渐放大，镜头聚焦后，西南方向的海湾沿岸附近亮起了标记。

"p 市现任市长乔治·皮特宣布颁布痛苦解除条例！"

13

在家里吃早餐的山姆死死盯着电视。新闻正在报道第七座宣布颁布条例的城市，男主播推了推眼镜，激动地讲述着当前的情形。电视画面一转，在记者招待会上发表讲话的男人出现在屏幕上，应该就是当地的市长。报道紧急快讯的红色飘带给人一种仿佛发生了大规模恐怖袭击的紧迫感。

看来今天又有的忙了，要不提前三十分钟上班吧，山姆正这么想着的时候，手机响了，来电显示是国务厅语言服务处。山姆接起电话，对面是他的直属上级。

"山姆！你现在马上过来！"

14

金色大楼地下战情室，进进出出的人行色匆匆。主要阁僚们按到场顺序依次落座后，就开始交换手下的工作人员掌握的情报。

"弗洛雷斯说，他事先什么都不知道。"

泰勒挂断电话，对在场众人说道。刚刚的那通电话是打给 t 市市长弗洛雷斯的，泰勒在电话里追问了对方是否提前得知了此番动向。

"他想怎么说都行。"埃德蒙一句话顶了回去。他的关注点似乎已经从弗洛雷斯的话是真是假移到了下一个问题上。

亚历克斯坐在会议桌中央的固定座席上，背后是白头雕图案。他神情凝重，还没整理好自己的思绪，然而世界却在一刻不停地变动。

亚历克斯心想，到了这种时候，没想好也得硬着头皮干了。这是他在世上最讨厌做的事情之一。

大型监控屏旁边的工作人员按下耳边的对讲麦喊道：

"记者见面会即将开始。"

几乎同一时间，又有其他工作人员涌进了战情室。

"翻译准备就绪。"

战情室里的所有人都注视着屏幕。

记者招待会现场直播在万众瞩目下拉开了帷幕。

会场里人头攒动，都是顶着黑发的记者。招待会现场刷成了崭新的白色，木纹肌理的受访席上立了十几支话筒，后面的展板上只画了一个简单的标记。世界上的大多数人都已经知道了这个标记表达的含义。

新域。

相机闪光灯照在展板上，梳着大背头的男人意气风发地走到了台上。眼形细长的男人是当今世界上最受瞩目的人。

"现在，"担当主持的工作人员说，"记者见面会正式开始，有请域长致辞。"

战情室响起了同传翻译出来的英语。

屏幕里的斋开化露出亲切的微笑，朝众人点了点头，随后面向受访席上的话筒。

"不好意思，这么晚打扰大家，同时也向莅临这场招待会的记者朋友们表示感谢。"斋开化彬彬有礼地寒暄道，"就在刚刚，大约三十分钟前，Ｂ国ｐ市的乔治·皮特市长宣布了颁布条例的决定。至此，世界上已有七座城市接受了痛苦解除条例。"

斋开化左侧的液晶屏切换了画面，显示出标示了颁布条例城市的世界地图。

"大概两个月前，我宣布了颁布条例的决定。"斋开化接着说，"我一直认为，认同死亡权利的新法律一定会成为被世界人民接纳的新时代的普遍常识。而现在的世界形势已经超出了我的想象，这么快的速度，这么大的数字……在两个月内就增加了六座城市，认同自杀自由的人就多了一百五十万，世界正按照自己的意志开始前行。"

"厚颜无耻。"埃德蒙低声说。

"到了现在，你觉得我们之前的判断还是正确的吗？"泰勒说，"六座城市暗地里勾结，又或者，存在所谓的超能力，虽然听起来难以置信……"

"我不知道背后具体有什么内幕，不过我们的判断肯定是对的，你看。"埃德蒙朝正对面的监控屏扬了扬下巴，"要是信了这家伙的话，多少条人命都不够玩的。"

"世界在变革。"斋开化说，"所以，我也不能畏惧进步，必须跟上社会反应灵敏的步调。接下来我们该做的，就是严防变革的浪潮横冲直撞，抓紧缰绳，掌控这股浪潮。我们要齐心协力，引领革命走

向成功。在此我宣布——"

"我将在新域召开第一届'实施痛苦解除条例城市的首脑会谈'。"

同传翻译出的话在战情室回荡。

"实施痛苦解除条例城市……"泰勒低喃道。

"首脑会议。"埃德蒙也把翻译的话重复了一遍。

"时间是四天后，日本时间九月三日上午十点，地点就在这里，新域。我想向目前已经宣布颁布条例的六座城市市长发出倡议，希望你们来参加这场会议。让我们围绕它的意义、优缺点、正确的运用方式等亟待解决的问题，展开一次畅所欲言的探讨吧！"

泰勒皱起眉头，思考斋开化定下的日程意味着什么。日本与 A 国有十三到十六个小时的时差。也就是说，日本时间的九月三日是 A 国时间的九月二日到三日之间。

在这两天里……

"一个人的力量是有限的。"斋开化还在继续，"可我们能在同一时间把力量汇集到一起，团结一致则大有可为。我需要世界的智慧与力量，真心期盼大家都能来参加这场关于条例的全面讨论的峰会。"

"总统。"

泰勒回身去看亚历克斯。斋开化的举动显然划分出了"己方阵营"，展露出更为直接、全方位的对决态势。局面发展至此，亚历克斯不能再迟疑不定了。泰勒凝望着亚历克斯，意在告诉他等待的时间已然耗尽。

亚历克斯茫然地张开嘴，瞪圆的双眼盯着监控屏。

"啊……是了，对，原来如此。"

"……总统？"

"泰勒。"亚历克斯猛然醒转过来，看向泰勒，"原来是这样啊。"

"您是说？"

"我根本就不需要考虑自杀正确与否。"

泰勒难掩讶异之色。

自杀正确与否正是他们如今面临的问题的本质，泰勒完全听不懂亚历克斯说的不用考虑是什么意思。

"不对，嗯，不用考虑的说法不太准确，考虑这个问题应该也是重要的，不过……"亚历克斯指着面前屏幕里的斋开化说，"他们会替我们考虑这个问题。正如他所说，大家要把力量汇集到一起，我们需要考虑的是另一件事。"

亚历克斯"啪"的一声双手合十，朝手掌间吹了一口气。

"啊……我终于懂了……这下可算能开始行动了……听着，泰勒。"A国总统亚历山大·W.伍德神色轻松地说，"重点是峰会。"

IV

III 巴比伦

Ⅰ

　　A 国东海岸，哈河从 N 州与邻州之间穿梭而过，河口往前是夹在两州之间的海湾，直通海洋。这道海湾自古就是 N 州的贸易窗口，如今已经成了矗立着标志性雕塑的旅游胜地，人称上湾。

　　湾内北部，靠近哈河河口的地方有座二十七英亩（约零点一平方公里）左右的小岛。

　　这座小岛原本是牡蛎渔场，小岛主人换了又换，小岛的用处也随之一变再变。十九世纪初，小岛归为联邦政府所有，之后政府就在岛上建起了堡垒。独立战争结束后，小岛成为用于警备欧洲的军事战略要地。

　　十九世纪末，A 国与欧洲的纷争已成过去，小岛的用处再次发生了变化。那个时候，移民 A 国的欧洲人增多，多数移民都是横渡大西洋，从 N 州口岸登陆 A 国的，这样一来，N 湾就需要修建一个管理移民的场所。于是，联邦政府在岛上开设了移民局，所有来自欧洲的移民都要经由这座岛进入 A 国。

　　移民要在岛上接受随身钱财检查及检疫，被认定为健康及财产状况没有问题后才能入境，梦想着开拓全新生活的移民把这座岛叫作"希望之岛"。不过，也有一些人因为未通过审查而无法入境，被遣返回原本的国家，就此与家人生离。有患上感染病迹象的人会被长期扣押在岛内，再也回不去祖国。这座希望之岛，同时也是"泪水之岛"。

小岛的名字叫"埃利斯岛"。

2

声势浩大的车队从中央公园附近的一家五星级酒店里开了出来，在高楼林立的街道上朝南行驶。警车在前方开道，后方车队里能看到一辆长达普通乘用车两倍的豪华轿车。

豪华轿车里，一个长方脸的男人正在浏览文件，灰白相间的头发梳成了整齐的三七分。B国联邦外交大臣罗宾·斯图尔特语气平和地对另一个人说：

"岛屿的归属权还没有统一啊。"

罗宾手里的文件记载了此行目的地的相关信息，虽然和他到访的目的关联不大，但既然来办公务，他怎么也得了解一些有关当地的必备知识。最重要的是，罗宾觉得这是应有的礼仪。

"现在还是由两州共同管辖，您以前来过这儿吗？"

罗宾询问对面的另一个人，坐在最后排的女人眺望着窗外的景色。她身穿一套紫色西装，把一般人压不住的紫色穿出了典雅的感觉，脚下的鞋子绘有华丽的花朵图案，不过也成了她的衬托。

"没有哦。"

B 国首相弗洛拉·洛维平稳地说。这个棕发碧眼的女人端端正正地坐在座位上，好像马上就要被人拍照一样。罗宾也是个十分注重自身形象的人，但和弗洛拉相比就远远不及了。哪怕是在没人看到的地方，弗洛拉也会始终注意自己的举手投足，这是她忠实于"格调"这一无形物的体现。

"十九世纪的时候，这里充当了武器库房。"罗宾继续介绍说，"还建了堡垒，不过堡垒是在独立战争快结束的时候修建的，没有成为战场。"

弗洛拉点点头。要是发生过战争，这个地方她就得细致了解一下，这回看来就不用了。

车队驶入隧道，进入了哈河地下。进入隧道后就看不到海湾了，汽车越过了两州之间景色单调的边境。

"归属问题影响了岛屿的命名吧？"

听到上司的低语，罗宾点了点头。

"岛屿分属两州，无论是用哪个州名命名都会引发争议。可只叫'埃利斯岛'的话，听起来就感觉很小，还降低了本来的知名度。大概是因为这个，他们就起了个两边都可以接受的笼统名字吧。"

弗洛拉的目光落到手边的资料封面上，低声念出了写在上面的字。

"上湾峰会。"

车队穿出隧道，开过收费站，在大路上绕了个圈，驶向紧邻海湾的自由州立公园。

州立公园周边戒备森严，沿路都是负责安保的警官，道路两边停满了警备车辆。载着 B 国首相的车队穿过大规模的盘查岗哨，驶入了公园内部。

公园里的景色十分开阔，大片的绿草地在地面铺展开来，除去多多少少种了些树的地方，其他地方的视野都很开阔。眼下，公园已被限制进入，透过车窗看到的人全是警卫人员。车队继续朝湾岸行驶，对面出现了一座桥。

"那是埃利斯岛大桥。"罗宾介绍道，"游客平时要上岛只能乘坐渡轮，这座桥是仅供内部员工使用的。渡轮因为峰会停开了，现在大桥就是唯一的上岛入口。"

"安保工作好像很严密。"

弗洛拉看向窗外，桥头形式化地放了交通指示灯，旁边是简陋的卡哨房，就像乡村购物区的停车场岗亭一样。这里平时估计是中年保安慢悠悠地查问过往车辆的地方，而现在，临时支起来的牢固栅栏稳稳挡在了桥面上，全副武装的警官们在卡哨外围成一圈。两相对比下的奇异落差令弗洛拉不禁一笑。

通过了桥头的盘查后，车队开上了通往岛屿，全长三百米左右的大桥。大桥尽头的小岛入口处摆放着一块印有图标的大型展板。

七国上湾峰会

进入埃利斯岛后，周遭的氛围与上桥前截然不同。安保人员身穿便衣隐在人群中，整座小岛都装饰成了峰会主题。弗洛拉觉得，岛上的装饰太多了些，大概是为了向来人宣扬岛内很安全吧。她非常理解A国的这种安排，只是自己一点也不喜欢。

车队停在了停车场，弗洛拉觉得不大对劲，岛的形状似乎和自己在照片里看到的有点不一样。

"这是浮岛式停车场。"弗洛拉尚未问出口，罗宾就当先解答了她的疑问，"小岛面积和停车场不够用，他们就临时在岛屿周边新建了这个停车场，峰会结束后就会拆除。"

"太烧钱了。"

"哪个国家办峰会都得烧钱，这可是大型盛会。"

弗洛拉露出厌倦的表情。

弗洛拉尚未成为首相的十几年前，峰会多数时候都会选在历史悠久的王宫或美术馆举办。然而近年来，恐怖袭击事件愈演愈烈，出于安保考虑，越来越多的峰会定在了远离城市中心的旅游景点，会场则是酒店，也有一些就是单纯选在了度假胜地。弗洛拉自己更倾向过去的做法，觉得在庄重的场所举办峰会更好。

在这一点上，本次峰会的会场选址深得她心。

B国使团跟随A国工作人员的指引徒步行走在岛上，沿内港区走了一阵后，茂密的树林对面出现了一栋砖瓦建筑。他们一直走到了房子跟前，弗洛拉抬头打量着这栋风格独特的建筑。

埃利斯岛移民博物馆。

如今已成为博物馆的这栋建筑，原本是A国移民局。在长达六十年的岁月里，它一直在审查希望入境 A 国的移民，然后目送他们离去。这里经办的移民人数高达一千七百万，足以称得上 A 国的大门。

一行人穿过透明的拱廊，朝正面的大门走去。这里平时都是熙熙攘攘的游客，现在只能看到峰会相关人员的身影。弗洛拉步伐庄重地行走在石板路上，心里怀想着过往的历史。仅是建筑外观就够让人观赏几十分钟了，如果拱廊旁边没有开玩笑似的立着个闪闪发光的巨大锥子（为峰会制作的圆锥形美术作品，高七米。锥体上各国的代表色呈螺旋上升状，合在一起形成了彩虹色）的话。

一行人进入博物馆内部，踏进大厅的弗洛拉不禁发出一声叹息。大厅到处都配备了峰会设备，然而即便如此，她还是能充分感受到建筑本身的庄严。砖墙上方的拱形天花板离地很高。据说过去渡海而来的欧洲人都会挤在这个大厅里等待检查，心中怀着对于广阔新天地的向往，奔赴新的世界。弗洛拉觉得，对本次的峰会来说，这个地方确实是非常理想的会场，与此同时她又想到了另一件事——

这里也是满怀梦想的移民被遣送回国的地方。

大厅中央用很高的屏风隔开了一片区域，弗洛拉从设在屏风之间的入口走进去，只见里面摆放着圆桌，桌边围了一圈椅子。周围的工作人员正在准备各个国家的国旗，有个矮个子男人在里边看着工作人员忙碌的身影。

"亚历克斯。"

回转过身的男人推推眼镜，露出了一个微笑。

"弗洛拉！欢迎欢迎！"

亚历克斯走上前，和弗洛拉握了个手。站到一起的两人几乎一样高。

"真是个好地方啊。"弗洛拉仰望着天花板说。

"我就知道你会喜欢。"

"装饰摆设再多注意点就好了。"

"那是为了给媒体看的……也有的是出于安保考虑。"

"艾玛呢？"

"已经来了，她也一直很想见你呢，你等会儿去找她吧。"

"好啊。"

"说起来，你最近很不好过吧。"

"嗯？"

"峰会就快开始了，结果 p 市……"

"啊……"

亚历克斯脊背一寒。弗洛拉的目光凝在他身上，心情一瞬间明显变差了。

"这次峰会应该也会谈到这件事。"

"……你不想谈吗？"

弗洛拉用仿佛看到什么奇异现象的目光看了眼亚历克斯，似乎下一刻就要蹦出"你在讲些什么"这句话了，然而她憋了回去，吐出一口气后开口说：

"总统先生，我来告诉你一件事。"

"哦……"

"新域域长斋开化提倡的痛苦解除条例，以及自杀，这三者在我们国家只用一个词就能表达出来。"

"一个词？"亚历克斯兴致勃勃地问，"是什么？"

B国首相弗洛拉·洛维吐出了一个优雅的英文单词。

"vulgar（庸俗）。"

3

被征用为峰会主会场的移民博物馆背面紧挨着一栋建筑，是过去移民局员工的宿舍。宿舍楼内部现在临时改装了一下，用作峰会举办期间工作人员休息的场所。

楼栋一层最大的房间现在成了综合大厅，同时也是搬运物资的进出口。泰勒和埃德蒙正在房间一角沟通日程，两人之间的桌子上放着峰会议程的详细时间表。

"十点半开始。"埃德蒙指着"九月二日"下的日程说，"合影留念，纪念仪式结束后，下午一点半开始议题一，探讨七国经济问题。"

泰勒点点头。埃德蒙继续说：

"下午三点半开始是场外边会、合影留念。五点开始议题二、议题三，讨论贸易、政治、外交问题。晚七点是鸡尾酒派对，派对上直接进入议题四，与会人员边吃晚餐边讨论政治、外交事项。"

"结束得到九点多了。"

“接下来到九月三号。上午九点二十分开始议题五，气候与能源。十一点是议题六，亚洲事务，然后是议题七，非洲开发。到这里会议就全部结束了。”

“下午两点举行会后记者招待会。这就是所有的官方日程了。”埃德蒙弹了弹计划表，“当然，实际情况可能不会照着这个计划来。”

“条例问题肯定会成为讨论的核心。”泰勒预测道，“看总统的样子，大概会从议题一开始就聊起它了。聊多久，怎么聊，当然也要看各国首脑做何反应，不过他可不是那种遭人拒绝了就放弃的人，肯定会继续引到议题二、议题三里……一个不留神，说不定一整天谈的都变成了条例问题。”

“算了，这种情况还在我们的意料之中……”埃德蒙噘起下嘴唇说，“真正要留意的是那个。”

两人同时看向另一张日程计划表。

“新域峰会。”

这是在地球另一端举行的“新域峰会”的官方日程计划表。

“新域峰会在日本时间的九月三号上午十点开始。”埃德蒙把两张表并排放到一起，“相当于我们这边的二号晚上九点。”

“开始时间差不多就是我们这边的首日议程结束的时候。”

“新域峰会只开一天。”

“也就是说，我们这边进入次日议程之前，新域峰会就已经结束了……它夹在峰会首日和次日之间，与我们完全并行。”泰勒喃喃地说，“目的是什么呢？”

"这个嘛……"埃德蒙的手指在桌面上敲了三下，"新域峰会如果先于上湾峰会召开，就会对我们形成牵制；如果等上湾峰会结束后再开，就能针对上湾峰会的会议结果做出反应。然而，它和上湾峰会同一时段举办，哪个好处都实现不了。对方放弃了这些好处，说明……"

"他们的筹谋不会受到上湾峰会的结果左右？"

"又或者，他们从一开始就没把上湾峰会放在眼里？"

泰勒皱起眉头。"这可是七国首脑峰会！他们是觉得自己国家领导人的意见无关紧要吗？"

"别这么气急败坏的。"埃德蒙轻飘飘地压下泰勒的情绪，"你就是太正经了，根本理解不了他们的想法，这帮人可是去参加新域峰会的。"

泰勒无言以对。奉行道理的他不擅领会不合理的事，即便抛开固守的道理，他还是怎么都想不通。

"在同一时段举行新域峰会，就会受到更多社会关注。"泰勒任何时候都在从逻辑出发做推测，"他们会不会是想借此扩散新域峰会的传播度？不顾及上湾峰会的态度会不会也是计划里的一环？"

"要真这么简单，那就太好了。"

泰勒心里想的其实也和埃德蒙一样。要是对方的目的真的只有这么简单，他们就不会蒙受多大的损失。

"总而言之，我们要提高警惕。"埃德蒙事不关己似的说，"对方闹出动静的时候，我们还没睡醒，这种玩笑可不好笑。"

"我已经安排下去了。"泰勒指了指综合大厅一角，搬运物资的出入口附近堆着一些纸箱，"我让他们为这次峰会多备了不少可供小憩的床垫和毛毯，虽然都很简易，拿来休息也够用了。"

峰会一般都不会准备这些东西，埃德蒙不禁笑出了声。

"你行动真够快的，那就待会儿见吧。"

"对了，埃德蒙。"泰勒对着埃德蒙离去的背影说，"你把分给秘书处的寝具拿走吧。"

埃德蒙转过身，眼眉紧锁。

"你这家伙是打算让这帮老头老太太也跟着加夜班吗？"

4

宿舍楼二楼的一个房间里，佩有工作证件的人忙忙碌碌地进进出出，有人穿的是正装，也有人穿的是便服，不过所有人的耳朵上都戴着通信设备，走路的过程中也在不断和别人通话。这里是口译员的休息兼等候室。

峰会上，各个国家的人汇聚一堂，除了首脑及政府人员，媒体人士也蜂拥而至。会场到处都需要口译，口译员再多都不够用。这次的上湾峰会也是如此，政府招募了两百八十名外语指引志愿者，然而还是不够。口译员们来回穿梭，看得人眼花缭乱。

不过，房间里有个角落十分安静，与眼下的忙乱场景形成了鲜明对比。这个与休息室隔绝开来的角落里全是正装打扮的人，他们正坐在桌边阅读厚厚的资料。这里是国务厅语言服务处专属口译员的待命地，是峰会语言服务团队的第一线，山姆·爱德华也在其中。

山姆的注意力极其集中。

他感觉这是自从当上翻译以来，自己的神经最为紧绷的一次。和平时相比，现在的自己可以译得更快、更准确。眼下的正式场合无疑是原因之一，然而更大的原因是，社会形势的剧变对他的精神状态造成了影响。

两个月前，日本出现了痛苦解除条例。

再之后，条例从日本向全世界蔓延，现在已经波及了世界上七个国家的七座城市，以语种来计数，就是五种语言，然而多个语种都在处理同一个主题。

山姆觉得，语言的重要性有了前所未有的提升。

这同时要求译员保证高质量的翻译水平，不仅仅是不能出错，还必须最大限度地传达出正确、完整的语意语感。自己的措辞可能会极大地影响到听话的一方，它牵涉到的是自杀的对错问题，也就是人命。

自己译出来的话有可能断送掉某个人的性命。

这样的压力有如泰山压顶，一般人碰上或许早就崩溃了，可山姆·爱德华没有屈服，非但如此，他甚至觉得自己迸发出了更大的力量。

对待语言，山姆原本就押上了与生命同等价值的东西。

孩提时代的他曾因为自己说出的话扭转了一个人的一生。自那以后，对山姆而言，语言就成了凶器，同时也是存活的手段。从嘴里吐露出话语的时候，山姆总是带着有别于常人的审慎。

所以，眼下的这种情形，可以形容为山姆的心理终于吻合了社会形势。山姆感觉生命与语言越来越趋于等价，他一边告诫自己这种感觉不够审慎，一边又从心底里觉得畅快。

山姆有比任何人都更加了解语言的自信，不过他同时也知道，自己距离理想的、完美的口译效果还有很长一段距离。随着感觉越发敏锐，他的这种想法也越发强烈。

山姆认为，理想情况下口译员的声音应该和说话者的声音完全相同。口译员传达的不只是语言信息，说话者的声音里还潜藏着无数比语言本身更加重要的信息。语调、音量、音色，这一切都显露了说话者的心思，都是必要信息。往极端了说，山姆甚至认为女性担当男性的口译，以及男性担当女性的口译都不怎么合适。

不过，这种想法确实过于极端，完全无法适用于现实。口译员人数有限，水平高超的就更少了，要是再挑剔性别、音色，那更找不着什么人了，山姆自己的工作机会也会减少。

山姆微微晃了晃脑袋。不知是不是因为注意力太过集中，他的思绪渐渐飘到了无用的事情上面。现在不是追寻理想主义的时候，再说现实里也有让自己满意的地方。

昨天，峰会前一日的招待宴会在 n 市的酒店召开，席间山姆与陪同七国首脑到访的几名专属翻译员交流了一番。首脑的陪同翻译都是能力超群的人才，山姆感觉到他们都有非常敏锐的同传思维。同为口译者，山姆从他们身上受到了很大的启发。

他又一次体会到能与这帮人共事是多么幸福。山姆振作起精神，再次投入到了细读资料的工作中。

5

"七国首脑。"

ABS 新闻的主持人以强调的语气说道。演播厅的大型显示屏里播放起动画，七国首脑的照片依次出现在屏幕上。

日　福泽俊夫

A 国　亚历山大·W. 伍德

F 国　古斯塔夫·卢卡

C 国　邓恩·凯瑞

G 国　奥托·赫里格尔

B 国　弗洛拉·洛维

I 国　卢西安诺·卡纳瓦罗

"世界的船舵交到了七名首脑的宴会——七国峰会手上。"

屏幕里浮现出字幕，像是挂在七个人身上一样。

解除痛苦的权利会得到认同吗？

"七国主要国家首脑会谈将于当地时间上午十点半，在位于 N 州上湾的特别会场，埃利斯岛召开。确切来说，这是一次八人会谈，联盟委员会主席也在其列……"

主持人转头看向坐在旁边的男评论员。评论员点点头，开口说道：

"成员国把贸易等方面的部分权限让渡给了联盟，因此寻常的峰会上，联盟会占有重要一席。不过就本次峰会的争论焦点来看，联盟的影响力应该会减弱。"

"您是指痛苦解除条例？"

"嗯。该条例规定的是个体权利，对其他国家的影响不大。R国相关的实践目前还停留在极小的范围内。条例现在属于地方性政策，尚未上升到联盟整体。"

"也就是说，本次峰会实质上是七国之间的讨论？"

"是这样的。"

"这七个国家也是内部出现了颁布条例的城市，社会普遍关注各国政府对待本国城市的态度，请看现状概览。"

伴随着主持人的介绍，显示屏里的画面再次发生了变化，各国国名下方出现了"√""×""−"三种不同标记。

日	−
A 国	−
F 国	×（附带条件）
C 国	√（附带条件）
G 国	−
B 国	×

Ｉ国　　　　　　✓

　　"对这个结果……"主持人神情困惑地转向评论员，"您怎么看呢？"

　　"各国都慎重得出乎意料啊。"评论员两手交叠，身体往前探了探，"明确表示肯定或否定的只有Ｉ国和Ｂ国。Ｂ国在ｐ市颁布条例的当天就明确表示了反对，Ｉ国的态度是听之任之，都很符合各自国家的特色。"

　　"Ｆ国与Ｃ国的表态都有附加条件。"

　　"Ｆ国基本持否定态度，但是不像Ｂ国那么强硬，感觉还有商谈的余地。Ｃ国正好相反，基本认同地方城市的自由权利，但又流露出不能太过分的意思。Ｃ国总理邓恩·凯瑞秉持文化多样性不该遭受迫害的思想。不过，他还没有明确说过'自杀'也在多样性的范畴内，迟迟未下决断。从这个意义上说，Ｃ国可能接近于保留意见的一派。"

　　"有三个国家持保留意见，尚未表态。"

　　"Ｇ国应该是希望就这个问题展开细致的探讨，他们不希望仅以速度为先。"

　　"条例的源头日本呢？"

　　"日本此前一直语焉不详……大概是真的不好主动出击。他们害怕舆论倾向否定的话，本国就要承担发源地的责任。就算是为了减少损失，他们也会跟紧最大的同盟国，Ａ国的步伐。"

　　"可是Ａ国……"

“A 国尚未表态。就因为这样，日本才没下决心。”

“A 国也是本次峰会的议长国，您认为 A 国最终会做何决定呢？”

“说实话，我看不出来……”评论员摇摇头，“迄今为止，总统完全没有提到过自己对于这个问题的任何看法，金色大楼也一直固执地保持沉默。不过话说回来，现任政权面对任何问题基本上都是这个处理风格。”

“峰会结束后，A 国会表明态度吗？”

“我觉得会。峰会的目的也在于此。”

“您预测会是什么结果？”主持人开口问道，脸上的探寻之色似是刻意为之，“A 国会表示肯定还是否定呢？”

“也可能会提出我们没想到的第三种方案吧。我还跟不上现任总统的思绪，毕竟这个人……”评论员苦笑着说，“是个思想家。”

6

“你那边还好吗？”

亚历克斯在配备了警卫的休息室里打电话，电话那头的人是艾玛。

随行的艾玛没来埃利斯岛，而是待在同样位于上湾的总督岛上。她的工作是开展“第一夫人外交”，招待随各国首脑共同来到 A 国的夫人们。

“我肩都酸了。”电话那头的艾玛毫不掩饰自己的不满，“这都没正式开始呢。想想就肩酸了。”

亚历克斯笑了起来。艾玛能完美处理第一夫人的所有事务，不过她在工作上的喜恶偏好也非常明显。招待 VIP 是她最不想做的事情之一，对比之下，和弗洛拉随心所欲地聊天就好玩多了。

"那晚上再见吧。"

第一天的议程落下帷幕后，将会有一场以总统夫妇的名义举办的鸡尾酒派对，亚历克斯计划和艾玛在酒会上碰面。

"亚历克斯，"亚历克斯正准备挂电话的时候，艾玛开口了，"晚上的派对见不见面都行。"

"嗯？什么意思？"

"我是让你不用在意我。"

亚历克斯回味着艾玛的话。他虽然不能完全确定，但还是觉得艾玛说的应该差不多就是这个意思。

艾玛温柔地说：

"玩得开心。"

"谢谢。"

亚历克斯道了声谢，挂断了电话。他莫名地觉得有些兴奋。妻子有事不在家时，暂时偷得独居时光的丈夫应该就是这种心情，亚历克斯想。

"总统。"

警卫在休息室门口通报了一声，身后跟着穿黑色西装的男人。

调查官正崎善郑重地低头行了个礼，很有日本人的风范。

"哎呀，让你久等了。"

亚历克斯带着正崎来到移民博物馆中庭，警卫隔开几米，跟在并排行走的两人身后。

中庭的道路围成一个圆圈，种在圆圈内外的树木遮挡住夏天的阳光，投下了片片树荫。

"他们叫我尽量不要走到树林外边去。"亚历克斯指着前方解释道，"说是有被埋伏在陆地上的人狙击的风险。"

"陆地上没安排安保力量吗？"

"当然安排了啊，两边的警力加起来有八万人呢。我觉得不可能受到枪击，不过他们说以防万一。"

"要是我负责安保，我也会这么说。"正崎说，"任何事都有万一，最好防患于未然。"

"是啊。"

亚历克斯顿了一会儿，再次开口了：

"对不起。"

"为什么这么说？"

"是我决定晚了。"亚历克斯停下脚步看向正崎，"你很想去日本吧？"

亚历克斯的歉意和调查"新域峰会"一事有关。

四天前，斋开化发起了参与峰会的倡议。受此事影响，国家情报局加大了在日本收集情报的力度，联合调查局也决定向日本增派调查员。

然而正崎却没被选上。他虽然借亚历克斯的权限转为了正式调查官，但这并不意味着他的所有意愿都能得到满足。联合调查局局长布莱德汉姆认为派正崎去日本为时尚早，就把他剔除在了参与选拔的队列之外。

亚历克斯要是执意要求，正崎或许此刻已经到了日本。然而联合调查局说到底是布莱德汉姆的地盘，亚历克斯也相信布莱德汉姆的判断。最终，正崎没能参与新域峰会的调查，仍然滞留在 A 国。

亚历克斯对此心怀歉疚。他想，要是自己早一点让正崎成为正式调查官，布莱德汉姆的决定也许就会有所不同。

"错不在您。"正崎明确否认道，"就算提前几天转正，结果也是一样。我还没得到局长的信赖，他应该不会派我去海外调查。"

"也许吧，那个……今晚日本的峰会就要开始了。六座城市的市长都表示会参加，媒体也非常关注这个会议。斋开化可能会有所动作……"亚历克斯踌躇着说，"你追踪的那个女人可能也在那里。"

正崎闭上眼，瞳孔里落进了暗色。

海风起，树叶微微摇晃，而后慢慢停了下来。

"我呢……"正崎平静地说，"之前一直想成为联合调查局的调查官，带上手枪，亲手了结掉曲世爱的性命。我觉得这是我的使命，也下定了决心一定要做。可是……"

正崎睁开眼，看向亚历克斯。

"和您聊过后，我得到了枪。然而走到这一步后，我才终于发觉，自己一直忘了一件很重要的事。"

"……什么事？"

"所谓正义，就是不断问自己'何谓正义'。"

亚历克斯眨眨眼。

他觉得自己正在听的事情非常重要。

"我不能放弃追踪曲世，也不能决意杀死曲世。关于这两点，我没有在心里质问过自己，就等于舍弃了正义。"正崎按住自己的左胸附近，"这里有两样东西，一样是我自己所有的，一样是您给予我的。因为您的命令，我现在依然很迷茫，一直在想到底应该怎么办。所以直到现在我还能保有正直，都是因为您的缘故，总统。"

正崎露出一丝不明显的笑意，亚历克斯为难地回以一笑。

第一次见到正崎的时候，亚历克斯觉得这个男人的眼神有如战士一般。Ａ国拥有众多的战士、军人，他们都在为国家的和平奋战，这些人的存在是必要的，亚历克斯也很尊敬他们。可他同时也在想，要是什么时候军人不被需要了，那一定是最好的事情。

正崎不需要成为战士。

亚历克斯希望自己给正崎的枪能够一直在他怀里沉睡。

两人一直走到中庭的树林边缘，而后折返回去，沿途经过了雕刻着移民姓名的荣誉墙。

"为什么把我叫来这里？"

正崎问。他来埃利斯岛是亚历克斯的授意。

"新域要开峰会了。你是最了解斋开化的人，我想听听你的专业建议，这是其一。其二是，我觉得你会给我们带来启发，当然了，这只是我自己的感觉……"

"启发是指？"

"有关本次的议题。"

"条例？"正崎露出复杂难辨的神情，"我只是一介小小的检察官，法律方面的事情还好说，我对政治可是一窍不通，何况峰会上来的都是世界上的头等政治人物，我应该帮不上什么忙。"

"我没那么有能耐……"

"昨天的新闻报道也说了，这是'七王盛会'。"

亚历克斯先是不解地"嗯"了一声，而后才反应过来。

"那可不是夸赞，应该是在讽刺我们吧。"

"是吗？"

"你看《圣经》吗？"

正崎摇了摇头。

亚历克斯回想起《圣经》里唯一的一则预言。

"《启示录》里提到了一种'七头十角兽'，它的兽头上戴着王冠，书里说，这就是'七位王'。怎么说呢……是个不太好的东西。有人说，它指的是古罗马时代的七个皇帝，暗示最终的覆灭什么的。"

"没想到是这个意思……"

正崎面色困窘地说。

"啊，不过那个节目要表达的可能不是这个意思，应该是我想太多了。"

亚历克斯补救了一句，他并没有责备正崎的意思。

"对了，七头十角兽……"

刚说到这里，两人已经走到了移民博物馆的后门。亚历克斯止住话头，和正崎道了别。他没接着往下说，一是因为时间不允许，还有一个原因则是，他怕继续说下去会令正崎再次想到那个可怕的女人。

《启示录》里出现的七头十角兽的背上坐着一个女人。

沉醉在圣人鲜血气息里的女人最后被神烧死，受到了审判。

这个女人就是——大淫妇巴比伦。

V

13:00

　　装了巨大玻璃窗的同传隔间里，山姆正在与对方国家的口译员做最后的工作确认。

　　隔间很小，摆了只能供两人并排而坐的桌椅，桌上放着两台必备的功能齐全的译员机，剩下的就是小型显示屏与耳机，除此之外再无其他。

　　座位上已经坐了两个男人，山姆站在隔间里给两个男人讲解流程和通信方法。身形魁梧的他刚一走进，隔间就被他衬托成了小孩子玩的玩具房模型。

　　在这次的峰会上，山姆基本不会进首脑会谈的同传隔间做翻译。

　　会议同传以接力传译的方式进行，通用语为英语。首先是各国代表讲话，随行的专属翻译将该国语言转化为英语，然后其他国家的随行翻译再将英语转化为各自国家的语言。

　　这就是说，会议基本上只靠各国代表带来的专属翻译团队就能顺利进行下去。在以英语为通用语言的使团里，翻译团队要干的活就更少了。

因为这样的安排，国务厅语言服务处的山姆就只能做一些辅助性的工作，像是在会议以外的其他场合担当对应语种翻译，翻译当地报道，在对应语种国家的专属翻译需要帮助时临时顶替上场等。

山姆并未对这样的安排感到不满。他做的虽然是辅助性工作，起到的作用却很重要，工作量也非常大。只是，他心里还是希望自己能亲口译出各国首脑说出的，世界上最为重要的语言。不过心里虽然这么想，山姆也不可能取代对方国家带来的随行翻译，况且他自己也很敬重那些译员。

"有什么问题就再和我联系吧。"

礼貌地寒暄几句后，山姆离开同传隔间，马上赶往下一个地点。太多事务等待着他去处理。

13:20

移民博物馆内的阁僚等候室里，泰勒与埃德蒙正在等待会议拉开帷幕。第一个议题将在十分钟后开始。

"麦克风测试，1、2、3……"

话筒的最后一轮检测声从两人耳机里传了出来。与峰会关联密切的人员可以以旁听员的身份收听首脑们的会议发言，还可以通过架在高处的固定摄像机观看现场情形，但是不能参与讨论。

一般情况下，峰会现场的每位首脑都会配一名代表人（向导）共同参会。但这一次，会议现场不见代表人的身影。八位首脑中的四位都提交了同样的议案，像是事先商量好了似的，剩下的四位也很快认可了议案。会议进行期间，会场会成为首脑们的独处空间，因此峰会采取了向场外传输会议语音的方式。

"不知道迎接我们的会是什么。"

泰勒低喃道。

"那边的气氛应该会很热烈吧。"听出泰勒意思的埃德蒙回道，"就算咱们冲上去迎头痛打，那帮家伙也不会就此屈服。"

13:25

无数闪光灯明明灭灭。

圆桌边的八个人齐齐对着记者团的方向露出微笑。除了七国首脑外，联盟委员会主席吉莱·哈钦也列席其中，组成了完整的峰会首脑阵容。

移民博物馆大厅中央的特设会场里举行了正式探讨议题前的最后一次媒体亮相。闪光灯渐渐停了下来，记者团在工作人员的指引下慢慢退场离去。

八人各自戴上桌上的耳机。

工作人员动作迅速地移动会场外围的一块挡板，关闭了原本的出入口。大厅中央隔出了一块独立的会场区域。

做完最后一轮检查，工作人员也离开了。

13:30

"议题一。"

吉莱·哈钦开口了。相比政治家，这个男人看起来更像官员。

"是七国的团结协作吧？"

"对对对。"F国总统古斯塔夫·卢卡刻意点头道，"峰会一开始肯定得聊这个话题。我们必须向世界展示出七国集团的坚不可摧，你们说呢？"

他没有单独询问某一个人，而是对在场所有人发出了倡议，然而无人响应，会场陷入了沉默。

"卢卡。"

终于，B国首相弗洛拉·洛维打破了沉默。

"怎么了，洛维夫人？"

"请你谨言慎行。"

"慎行？你让我慎行？"卢卡故意装出一副惊讶的样子，"我们F国够慎行了。"

席间几人微微有了反应。

"弗洛拉，我承认B国最谨言慎行。不过呢，你劝人谨慎这句话似乎应该对着另一个人说吧？"

"卢卡，听你的意思……"I国总理卢西安诺·卡纳瓦罗带着玩

177

笑般的神情加入了这场谈话，"你想说最不谨慎的就是 I 国了吧？"

"你有什么意见吗？"

"没有。只要你没把'谨慎'和'贫困'混为一谈就好。"

"难道你觉得，人只要有了钱就不会想到自杀？"

"至少和没钱相比，有钱人更不容易自杀。"

"都给我安静。"G 国首相奥托·赫里格尔从容地出声制止道，"我们聚在一起不是为了互相指责的。"

"是啊。"C 国总理邓恩·凯瑞点点头，声援了一句。这个英俊如演员的男人今年四十一岁，是与会者当中最年轻的一个。

"在场所有人的国家里都出现了颁布新条例的城市。"年轻的政治家爽快地说，"痛苦解除条例是本次峰会要讨论的最大的问题，社会的关注点也都集中在条例上。我认为，更改原定计划，先探讨该条例是更好的选择。"

卢卡啧了一声。相较邓恩说的内容，他更讨厌对方说话的方式。

"福泽首相觉得呢？"弗洛拉调转了话头。

日本首相福泽俊夫一脸温顺的神情，始终一言未发。他长了一张长方脸，发际线后退，导致额头看起来十分宽大。这个七十一岁高龄，在七国首脑中最为年长的老迈政治家神色沉郁地开口了。

"如果各位都同意，那我没有意见。"

听到这句话，弗洛拉叹了口气。他们一群人中，只有福泽看着不像首相，更像是个管家。弗洛拉不由想到，虽说福泽的不利处境早在会议开始前就已存在，可他之所以走到这一步，还是与过于谨小慎微的态度脱不了干系。

"好了好了。"卢卡轻飘飘地摆摆手，"我们就早点谈，早点拿出结论吧。所有人达成一致，那就证明了七国的团结，其他议题也能按计划进行。"

"哈哈。"

所有人都朝声音发出的方向看去，发出古怪笑声的是 A 国总统亚历山大·W.伍德。

"怎么了？"

"没什么。"亚历克斯高兴地说，"原来大家都这么迫不及待地想聊条例的问题。"

"就你知道！"

"好了，卢卡。"亚历克斯的眼神熠熠发亮，"我们开始吧。"

13:40

"首先……"

吉莱·哈钦自然地开口说道，沉着冷静的语气挥散了众人先前互相指责的情绪，"大家先亮出各自的态度如何？说一说是支持还是反对实施条例。"

"联盟准备担任会议主持吗？"卢卡说，"哈钦，委员会是中立的吧？"

"根据联盟基本权利宪章的规定，我们必须保持中立。"

　　"那就好。"卡纳瓦罗表示赞成，"要是再加二十三个国家，商谈起来可就麻烦大了。"

　　其他首脑也以眼神表达了赞成联盟主持会议的意见。

　　"那么首先……"

　　"从我开始吧。"

　　所有人的目光都转向同一方向。有个人没等哈钦把话说完就出声了。

　　说话的人是 C 国总理邓恩·凯瑞。

　　"我在这里算后辈，就让我打头阵吧，等会儿也好学习各位前辈的教诲。"

　　卢卡与卡纳瓦罗冷眼以对。这个男人说的话谦逊有礼，脸上则洋溢着满满的自信，就像故意放低了身段似的。不过话又说回来，没有自信的人本身就当不了一国的领袖。这么看来，邓恩确确实实配得上政治家的称号。

　　"C 国有认同这个条例的精神境界。"邓恩开始了滔滔不绝的论述，"我认为，人类是文化动物，有挣脱生理上的束缚，选择自己的性别，选择自己如何行动的自由和权利，这是一项人权，应该得到社会的认同。"

　　"嗯，所以你的意思是……"卡纳瓦罗插了进来，"'寿终正寝'也是对人类的一种'束缚'吗？"

　　"正是如此，卡纳瓦罗先生，选择死亡的时机就是跳出寿命施加给自己的生理束缚。当然，我并不是想劝导别人自杀，但是选择在寿命耗尽之前死亡，是应该获得社会承认的一种价值观。"

"我看你就是谁都不想得罪。"卢卡斜睨着邓恩说。

"您只看到了人心好恶，这是不可取的！"邓恩提高了音量，"歧视少数派是最可怕的事情，歧视会引发纷争，纷争会酿成战争。"

"呵……"卢卡从鼻子里哼出一声笑来，"真不愧是年轻人的表率，想法这么开明。不过，你不觉得年轻同时也意味着不可避免的愚蠢吗，凯瑞首相？"

"你说我愚蠢？"

卢卡交叠起双手，身体朝前探，表示自己接下来要发言了。

"C国的想法只能建立在'自杀者占少数'的前提之下。"

邓恩的脸颊极快地抽搐了一下。卢卡继续说：

"你显然没想过少数派也有可能成为主流。"

卢卡对着邓恩摊开手掌。

没等邓恩回应，他又接着往下说了：

"我来说一下F国的态度。我们无法认同它。无论现在还是将来，但凡有可能给社会带来恶劣影响的，都应该被排斥在外。"

"怎么排斥呢，颁布条例的城市都已经增加到七座了。"奥托问，"对此，你有什么切实的打算呢？"

"我会采取对政治家来说现实可行的办法。没有必要公开宣称反对，或者直接正面对抗。公开表态赞成或反对本身就是错的，会引发社会动荡。首先，我们得基本忽视现有的颁布条例的城市，同时再控制好其他城市，这样就够了。只要追随者不再出现，什么问题都解决了。'管理'地方自治体这种事，反正大家平时也都在做。"

卢卡耸耸肩，仿佛在说"就这么简单"。

"再然后，只需放任不管，要不了三十年，世界上就不会再有什么所谓的支持那个条例的城市了，毕竟它们都在自杀中走向了覆灭。负因数导致衰减，这是小孩子都知道的道理。"

卢卡说罢，摆出不耐烦的表情。

"什么啊……我被人千里迢迢地叫过来，就是为了听世界领袖教我做减法题吗？原来是这样啊。"

卢卡被人插了话，皱眉看向声音的来源。

卢西安诺·卡纳瓦罗脸上浮现出讽刺的笑。

"F国总统怎么好像只会用加减法思考政治问题啊。"

"你说什么？"

"我说，断定自杀是负因数简直武断至极。"

圆桌边众人的视线全都汇集到了卡纳瓦罗身上。这个看看像喜剧演员一样亲和的男人，包裹在外表下的身份是实业家、资本家，而他最重要的身份，是登顶一国最高点的政治家。

"价值观会变化，这是常识。二十年前，没有人想过要靠免费服务赚钱。然而互联网发展起来的短短几十年里，整个社会的价值观发生了剧变。搜索引擎、社交网络等等，这些在现代社会获取了巨大收益的东西，全都是以免费为核心实现变现的，这你能理解吧？"

"这是诡辩，卡纳瓦罗。"卢卡冷眼以对，"I国是准备看看痛苦解除条例会发展到何种程度吗？"

同样冷眼以对的还有弗洛拉。

卡纳瓦罗神色淡然地接纳了两国总统投来的轻蔑视线。

"我本来就是个商人，不像你们，还怀揣着'抛开金钱看世界'的狂热信仰。"

他身体后仰，靠到了椅背上，像是要展示自己的从容不迫。

"我和I国的观念非常明确，肯定还是否定自杀不该由国家来决定。所以，政府不需要颁布条例，反之，也不需要废止地方自治体颁布的条例。"

"你的意思是，你保持中立？"奥托问。

"我说的是'解放'。"卡纳瓦罗伸出手指晃了晃，"任其自由生长，好的自会发展，坏的自会消亡。政府如果有意操控的话，最后只会催生扭曲。我们不能把国民当傻子，他们能自己选择自己的幸福。"

"你是盲目相信自由主义。"奥托说。

"结果总好过相信民主主义。"

"追求社会层面的幸福时，不是所有人都会选择遵循善念吧？"邓恩道出了自己的担忧，"可能会出现被利益蒙蔽双眼，侵食他人血汗的人。"

"哪里是会出现，眼前不是已经有一个了吗？"卢卡扬起下巴指了指，卡纳瓦罗完全不以为意。

"企图借其获利的人会出现是非常顺理成章的事。只要他们不干坏事，就让他们去做呗。很多人都觉得赚钱和干坏事彼此不分家，这种看法完全就是错的。替人办事不收钱的家伙才更不可信。要是条例创造了赚钱的商机，那是好事。"

"暴发户讲到这里，心情都舒畅了不少。"卢卡说。

"政治本来就和金钱挂钩。条例如果成了一门生意，等它的'行业'规模扩大以后，你们也没办法忽视它了。"

"卡纳瓦罗。"亚历克斯加入了这场对话，"说到商机，你有什么具体的规划吗？"

"亚历克斯……"弗洛拉气愤地喊了一声，全身上下都在倾诉对于这个话题发自心底的嫌恶。

"啊，这个啊……你不觉得很让人好奇吗？"

"亚历克斯，我太喜欢你这一点了。"卡纳瓦罗脸上浮现出笑意，就像个阴谋得逞的孩子，"'自杀商业'可以有多种形式。目前新域已经开始销售新型的自杀药物了，还开了自杀援助中心。援助中心现在属于社会公共服务，一旦扩散到民间就会形成新的市场。不过，亚历克斯，自杀商业最强大的地方在于'死亡的平等'。"

"平等？"

"举例来说，婴幼儿行业的目标客户是幼儿及其家人，西服行业是上班族，化妆品行业的主要客户是女性。大多数行业都有特定的目标客户。"

亚历克斯点点头，他知道卡纳瓦罗想说的是什么了。

"可是自杀行为不分男女老少。从记事到死亡，一个人可以在人生的大半时间里选择死亡。明白吗，亚历克斯！自杀业务可能会成长为囊括几乎所有人类的超级产业！"

14:20

　　埃德蒙咻咻地笑了。卡纳瓦罗的言论无论如何都不该是一国首脑的公开发言。

　　"真是连表面功夫都懒得做了啊。"

　　"一群人撕下了面具，互相厮打……"泰勒倒吸一口气，表情里混杂着期待与不安，"这么谈下去，会议开完以后还能维持良好的合作关系吗？"

　　"要是他们发自真心地互相攻讦，造成不可挽回的局面，那就麻烦了。"

　　埃德蒙也重新戴上了耳机，不想漏掉任何一句重磅发言。

　　"毕竟，他们要在区区的两天时间里决定世界与人类的前进方向。"

14:30

　　"想让条例发展成最完善的形态，就必须让它经受经济的洗礼。"

　　吐露完心声，卡纳瓦罗有意地收敛了自己，语气重归冷静。

　　"我们做决策不能仅从政治角度出发，至少得团结民众，共同应对。在这一点上……"卡纳瓦罗转移了目光，视线所指是奥托·赫里格尔，"我完全理解不了 G 国目前的做法。"

全员的视线汇集到奥托身上。卡纳瓦罗接着又问：

"G 国有惩罚从事辅助自杀业务的举措吧？"

"是的，我们限制有组织的辅助自杀业务。"

"我不知道这么做意义何在。"卡纳瓦罗歪歪头表示不解，"既然在 G 国的法律体系里，自杀并不属于违法行为，那做自杀相关的生意，靠这个赚钱都是各人的自由。G 国现有法律奉行的是双重标准，对此您做何解释呢？"

"嗯……"

奥托双手放到桌上，交握在了一起，看起来很是沉着。

"我来谈谈 G 国的想法吧，顺便解答一下 I 国的疑问。"

他的话是对着圆桌会议上的所有参会者说的。七国首脑阵营中，这个年龄仅次于福泽的长者面向其他年轻首脑平静地讲述起来。

"如卡纳瓦罗所言，我们现行的法律在外界看来就是双重标准。"

卡纳瓦罗见缝插针："您也知道啊。"

"我不得不承认，G 国现行的法律采用的是当时提交上来的众多修正案中相对'中立'的版本。对于死亡权利与自杀援助，G 国迟迟定不下明确方针，最终选择了介于禁止与放任之间的中立立场，这种状态从当时一直延续到了现在。不过今天，我想在这次的峰会上给出一个答复。"奥托说，"作为 G 国首相，我认同自杀的权利。"

"赫里格尔首相！"弗洛拉忍不住开口了。

"你是认真的吗？"卢卡也皱起眉。

卡纳瓦罗和邓恩脸上也浮现出惊叹的神情，他们一直认定 G 国的选择会落于保守。

"这并不是因为我对 C 国提出的多样性保护深有同感，也不是因为被 I 国主张的经济利益所吸引。"

"那……"亚历克斯问，"您这么想的原因是什么？"

"我之前一直没有表态，因为我在思考。我想得出自己可以接纳的观点，做出让我确信无疑的正确选择。可是现在，我来了峰会，还是得不到明确的答案，我不知道该不该认同自杀的权利。所以……"

奥托迎着弗洛拉的视线说：

"这个问题我还要再想想。"

弗洛拉沉默地听着奥托的论述。

"然后我意识到，如果否定了条例，我的想法就不会实现了。禁止颁布这个条例只会让我们重新回到没有它的世界，只有认同条例，让它得到实际运用，我们的思考才能继续进行下去。我不知道颁布这个条例是不是真的正确，但我不能仅凭臆测否决它。"奥托的话语自信满满，"我个人以及 G 国支持颁布条例，是为了能够继续详细研究它而采取的'积极观望'态势。"

"这不就是在拿国民的生命做实验吗？"卢卡反唇相讥，"如果最后发现这个条例是错的，你打算怎么办？"

"对于我的决定和最后的结果，我已经做好了承担责任的准备。"奥托不为所动，"这不仅仅是就条例而言，所有的政治家平常不都是这样的吗，卢卡。"

卢卡咽下了想说的话，他被 G 国的强硬气势稍稍压制住了。

听完奥托的意见，亚历克斯想起了那个今天来到岛上的调查官。

他们两人的想法非常相似。

奥托和正崎都在锲而不舍地探索正确的道路。

"可悲啊。"

清晰的声音传向圆桌的各个方向。

"您真的是站在一国顶端的人吗？"

B国首相弗洛拉·洛维冷眼放言道，眼神里是未加掩饰的轻蔑。

"这位小姐似乎很不满啊。"卡纳瓦罗故意歪了歪头。

"您是觉得我们的政论太低劣吗？"邓恩问。

"低劣是肯定的。"弗洛拉干脆地说，"不过不是政策内容，最低劣的……"弗洛拉带着敌意看向全员，"是各位的品性。"

好几个人皱起了眉头，这是明晃晃的侮辱。弗洛拉无视了他们，继续说道：

"毋庸置疑，在场所有人都是权力阶级，都被社会赋予了权力。手握重权的人同时背负着社会责任，这也是毋庸置疑的。"

"你是说'贵族义务'吗？"

卢卡配合着问了一句，弗洛拉平静地点点头。

"手握重权的人有义务承担责任。上位者必须以身作则，担当社会规范的表率。这样国民看到了我们的言行，就会知道什么该做，什么不该做。我们必须告诉国民，什么是人类不能遗忘的重要原则。"

奥托问："是什么？"

"死亡是应该哀悼的事情。"

弗洛拉说。

这是在场全员，以及世界上的任何人都明白的道理。

"人要懂得哀悼死亡，有为他人的死亡悲叹、哀怜的心，这是人活在世上必须具备的品格。无论自杀还是自然死亡，无论死的是谁，怎么死的，人都要懂得哀悼，这是为人的道德。拥有这项道德的人才拥有品行。而现在各位所做的，是聚在一起贬低人命。"

"可是。"邓恩开口了，接下来自然是转折，"这不就等于停止了思索吗？你仅仅是因为过去如此，就一口断定往后也应该如此。"

"说得对，变革固有的思想正是颁布这个条例的本质意义。"卡纳瓦罗接过了话头，"洛维首相，这是人类面临的全新挑战。"

弗洛拉长叹一口气，先看向了邓恩。

"停止思索的人是你，邓恩·凯瑞。"

邓恩皱起眉头。弗洛拉接着说：

"你不过是听闻了一个轰动性的议题，激动得忘乎所以罢了。你如果真的有动脑筋，就请再多想几步，想想自己的选择会带来什么样的未来，在你为自己珍爱的家人之死哀悼之前。"

邓恩的脸色灰败下来，被迫想到了让他心痛的画面。

"你不会还想听我当场给你解释所谓的什么'好处'吧？需要让我告诉你为什么人应该哀悼死亡，哀悼死亡会得到什么吗？愚蠢，何其愚蠢！"

说完这些，弗洛拉转而面向卡纳瓦罗。

"挑战？真会说漂亮话。你没有资格当掌权人，还是去当骗子吧。

自杀权利的法制化根本不是什么挑战，它是对人类的'公开宣战'。"

"哈。"卡纳瓦罗睁大眼睛，"B 国说这话，难道是准备对实施条例的国家发动战争吗？"

"女王陛下领导的 B 国绝对不会承认痛苦解除条例。"弗洛拉用冷静至极的声音说道，听起来甚至有些冷酷，"即便要打破与在场所有国家的友好关系。"

"不可以。"

所有人的视线再一次调转了方向。

说话的是到现在为止几乎没有参与过争论的日本首相。

"不可以。洛维首相，请您冷静一下。各国之间的友好关系不能因此遭受损伤，战争就更不用说了。"

"我很冷静。"弗洛拉平静地说，"一听到战争就失控的人是您，福泽首相。"

"都来参加峰会了，日本的战争过敏还没好啊。"卢卡觉得无趣。

"话说回来，又是哪个国家发起的呢？"卡纳瓦罗也跟在后面加了一句。

"福泽首相。"吉莱·哈钦指定了下一个人选，"请您代表日本谈一谈对条例的看法。"

日本首相福泽俊夫的目光久久停留在交握于腹前的手上。沉默一阵后，他抬起了头。

"一切都因我国的地方自治体新域而起，它从日本蔓延到全世界，造成了不可估量的影响。到今天为止，世界上已经有数之不尽的人为此失去了生命。新域发表宣言虽然并非日本政府授意，但不可否认的是，政府对此负有重大责任。"

"并非政府授意。"卢卡说，"嘴上怎么说都行，暗地里存在勾结的可能性是否认不了的。说不定这原本就是日本政府的计划，等看到形势不利，就舍下新域自己跑了。"

"不。"亚历克斯插了进来，"卢卡，我觉得日本没有说谎。"

"你搞清楚自己的立场！"

亚历克斯耸耸肩，没再说什么。他觉得继续纠缠下去会耽误谈正事。

"所以呢？"弗洛拉说，"深感责任重大的日本准备怎么做呢？是认同，还是否定？"

福泽使劲咬了下后槽牙，掷地有声地说：

"日本……日本不会根据本国政府的意见决定如何对待痛苦解除条例。"

"什么？"

"我在此保证，日本将全面执行本次峰会的决议。无论峰会是认同还是否定，日本都会尽全力执行最终的决定。如果新域不受承认，我们也会撤销新域。"

"哈。"卢卡目瞪口呆，"这是甩手不管了？！"

"您就没有自己的想法吗？"弗洛拉露出不可置信的表情。

"您刚刚说撤销新域。"邓恩插话道，"按日本现有的法制能办到吗？新域是特区，权限应该很大。"

"我们不介意为此修改法律。"

福泽说得掷地有声。他这是把修改本国法案的权力交到了其他国家手上,邓恩难以理解地连连摇头。奥托死死盯着福泽,眼神里没带指责的意味。

"不过,我有一个条件。"

所有人又再次看向福泽。

卡纳瓦罗哼笑出声,"条件?您一边表决心,一边还要提条件?"

福泽对着所有参会人说:

"我的条件是'全员达成一致',峰会的最终决议必须得到所有与会国家的一致同意。"

卢卡下意识地浮现出惊讶的神情,其他人也各自显露出不同反应,所有人都在思考福泽话里的含义。

"我们不能让它成为争端的导火索。"福泽神色认真地说,"不能让非自杀性质的死亡出现在争执该不该认同条例的过程中。"

"厌恶战争到这个地步,还真是有点癫狂了。"卢卡说。

"不。"福泽回望向卢卡,"真正癫狂的是向往战争的精神。"

卢卡哼了一声,往后倒在了椅背上,"还挺真诚。"

"我们 B 国同样不希望发生争端。"

弗洛拉对福泽说,声音里听不到轻蔑。

"作为参会者,我当然也希望全员达成一致。接下来,我们就一起商讨出正确的结论吧。是所有人一起,福泽首相。"弗洛拉发出了倡议,"您肯定也会参与进来的吧?"

"我没有主导讨论方向的资格。"福泽答道，"但我还是希望略尽绵薄之力，我会站在完全中立的立场上，为大家的决策贡献一点微小的力量。"

"这就够了。"弗洛拉对福泽点点头，管家模样的福泽掏出手帕擦了擦汗。

"接下来……"

吉莱·哈钦说话的同时，所有人都看向了同一个方向。现在只剩最后一个人还没表态了。

"最后，请您表明本次峰会的议长国，A 国的方针。"

"嗯。"

亚历克斯搓搓手掌，似乎早已等候多时。

"想好了吗？"卢卡取笑道，"特意把你留到最后，应该够你想得很明白了吧。不过话又说回来，想这么久有什么用呢，反正也想不出什么像样的东西……"

"啊，那个，不好意思，我还没想好。"

"……什么？"

"那我说下我的看法。"

亚历克斯的身子往前探了探。

会场的气氛微微紧张起来。世界第一大国的意志对七国中的任何一个国家都会造成巨大的影响，所有人心里都有担忧。他们知道，A 国站在哪一方，天平就会大大倾向哪一方。

"那个，之前发生过这样一件事。"亚历克斯没去在意会场的气氛，用像是和朋友聊天一样的语气讲述起来，"我在教会里听牧师聊了些事情。"

所有人都皱起了眉。

"牧师？"奥托说。

"嗯，他提到了十诫，很有意思。原来十诫可以简化成两条戒律。牧师说，'当爱上帝'和'当爱邻人'就是十诫的全部主干。一开始，我还怀疑过这种说法的真实性，不过，当我一条一条地思考过十诫以后，我发觉确实如此。"

"听起来是很有意思……总统阁下。"邓恩一脸惊讶地问，"不过，这和您如何看待条例有关系吗？"

"有关系。"亚历克斯接着说，"我在那个时候想到，要解决问题，就应该先回到问题的根源。十诫里的每一条当然都值得细细思索，可当它简化为'当爱上帝与邻人'后，人们思考起来不就一下子简单了很多吗？啊，这么看来，把上帝和邻人合到一起，只说'去爱吧'可能是最简单的……爱会不会就是十诫的本质呢……"

"行了。"卢卡忍不住说话了，"不要跑偏，说回正题。"

"不好意思。正题，对，是条例。"亚历克斯手忙脚乱了一阵，稍稍拢回了跑偏的思绪，"刚刚大家都表明了对于条例的态度，之后日本还有一场关于解除痛苦条例的峰会，他们之间应该也会有一场热烈的讨论。"

"毕竟是峰会嘛。"卡纳瓦罗有点不耐烦了。

"去参加峰会的也都是各大城市的市长，会议结束之后肯定会拿出实实在在的会议成果。"

"你究竟想说什么？"卢卡问。

"这个嘛。"亚历克斯对着全体与会人员说，"今天接下来的时间里，我希望大家一起聊聊'条例以外的其他事情'，好让我得出关于它的结论。"

所有人都愣住了。

没人知道亚历克斯说的究竟是什么意思。

"嗯，换句话说，这个条例就和'十诫'一样，内容还很细致，讲的是细节。当然了，细节非常重要，可我们现在应该上升到它的根本层次，在更大的框架里讨论这个事情。"

"你的意思是……"弗洛拉推测道，"我们应该去探寻问题的本质？"

"对，就是这个意思！"亚历克斯伸手指着弗洛拉，"听我说！"

亚历克斯探出身子，像是终于摸索着抓住了一条大鱼。

"我最近一直都在思考它的正确与否，脑子里都是颁布条例究竟是善还是恶，自杀行为本身是善还是恶这种问题，可却完全想不出答案。我就问自己，这是为什么呢，问题出在哪里呢？我一直想一直想，然后终于明白了，问题在于我还没有建立起判断善恶的标准。我没办法判定善恶，因为我还没有弄懂什么是善，什么是恶。"

亚历克斯越说越激动，各国首脑还没跟上他的思路。

"所以，这次峰会上我想和大家讨论的就是……"没等困惑的首脑们反应过来，亚历克斯已经说出了自己的目的，"什么是善，什么

是恶。"

议题一迎来了结束的时刻。

15:40

"这里是埃利斯岛七国峰会现场发来的报道。"

男记者拿着贴有 ABS 标志的话筒说道。他站在移民博物馆的大门前，背对博物馆建筑，面朝摄像镜头，应该是在做新闻节目的实况转播。

"嗯，嗯……是的。从事先公开的日程来看，议题一应该在下午三点半结束讨论，稍作休息后，接着再进入议题二……"记者伸手指向背后的博物馆，"现在，主办方尚未宣布议题一讨论结束。"

报道现场实况的话音断开，记者数次点头，开始和演播厅交流起来。

"是的，和大部分人预想的一样，商谈似乎推进得比较艰难。按照公开的议程，议题一阶段，各国探讨的应该是七国的发展和经济问题。然而这次的峰会开幕时，各国在社会关注的最大焦点，痛苦解除条例问题上还没有完全统一步调。另外，全体与会国国内都已出现颁布痛苦解除条例的城市，亟待同步制定对内及对外措施。由此可以想见，各国在商谈之际都会采取非常谨慎的态度。"

记者再次看向镜头，调整好姿势。

"本次峰会能否发布各国对于条例问题的一致见解，对外宣导七国的团结呢？首日的商谈结果广受各界关注。"

15:42

"这是在愚弄我们吗？"卢卡神情严肃地说，"还是该说，你就是真傻呢，亚历克斯？"

亚历克斯微笑着歪歪脑袋。

"善恶？"卢卡把这个词重复了一遍。他的脸颊在抽搐，似乎是不清楚自己究竟该生气还是该发笑，"你说善恶？"

"你要在这种场合里讨论善恶？"弗洛拉也反问道，"你要我们八个人定下'善恶'的标准？"

"哈哈哈。"卡纳瓦罗笑出了声，他实在忍不住了，"啊，不好意思，我不是在嘲笑你，只不过，哎呀……"

"判定善恶没有那么容易。"奥托用审慎的语气说道，"这个问题没有统一的答案。每个人对善恶的定义和标准都不一样，不是吗？"

面对奥托的提问，亚历克斯虚心地点了点头。

"每个人的看法都不一样，确实很难得出统一的答案。"

"归根结底，你是准备让我们这些世界代表探讨一个毫无意义的话题。"卢卡痛批道，"没有答案的问题，你还是找个初中生或者宗教学家什么的去解吧！"

"不，卢卡，你误会了。"

"误会什么了？"

"我的确说了得出答案很难，可我没说答案不存在。"

"你这家伙。"卢卡也不自觉地挑起嘴角，"是真的打算在这种场合讨论这种话题吗？"

"我们是代表国家的人。"亚历克斯面向全员说道，"国家的运转以法律为基准。法律是从道德，也就是善恶的标准里发展而来的。法治国家里确实存在这个国家内部的善恶标准，哪怕它并不完善。还有……"

亚历克斯抬起头，与吉莱·哈钦视线交汇。

各国首脑一言不发地听着，不知不觉就被亚历克斯的言论吸引了心神。

"我们不能没有任何关于善恶的解答，我们必须找到可以成为立法依据的答案——能够为世界人民接纳的，具有普适性的善恶标准。"

"亚历克斯。"哈钦开口问道，"你是认为现在是思考这个问题的时候吗？"

"现在时机正好。"亚历克斯答道，"两个月前，痛苦解除条例面世了。无论愿不愿意，我们都被逼着思考了人的生死、人权。再之后，峰会召开了。大家都知道……"亚历克斯的视线从圆桌上扫过一圈，"峰会上来的都是各个国家的'大脑'。"

卢卡皱起眉。亚历克斯的发言可能是挑衅，也可能是他的真心话，然而不管属于哪一种，话里的意思都是一样的。

世界的大脑已在此集合。

既然是大脑，那就要思考。

"亚历克斯。"弗洛拉开口了。

"嗯？"

"我刚刚还问凯瑞首相，是不是需要我向他解释哀悼死亡有什么好处。"

"啊，嗯，是啊……"

"而你就更过分了，竟然还要我告诉你什么是'善'。"

"是吗……"

弗洛拉斜睨着亚历克斯，展颜一笑。

"好吧。"

B 国首相弗洛拉·洛维"啪嗒"一声推倒了自己面前写着"B 国"字样的名牌。

"那我们就来探讨探讨吧。"

卢卡瞪大了眼睛，"喂，你是说真的吗，弗洛拉。"

"如果我们今天在这里解开了善恶是什么的疑问，我想，这次峰会的有益性会远远超出'仅因担忧现状而达成一致'的寻常峰会。"

"确实如此。"奥托也推倒了写着"G 国"的名牌，"既然是探讨这样一个全人类的问题，我们就没必要划分国家了。"

卢卡以手遮面，夸张地连连摇头。

"善恶问题的宏大程度可与自杀匹敌。"卡纳瓦罗推倒了写着"I 国"的名牌，"这个问题的答案在市场上也有重大价值。"

三国首脑齐齐看向卢卡。

"你们一个个都迷了心窍。"卢卡冷眼回看过去，推倒了面前写着"F国"的名牌，"梦想家们，就让我给你们上一课，让你们知道善恶根本就没有答案。"

吉莱·哈钦目睹了四国的举动，点了下头，而后推倒了联盟的名牌。

"我是第一次参加峰会。"邓恩·凯瑞兴奋地推倒了C国的名牌，"峰会平时就这么有意思吗？"

福泽咻咻地笑了，跟在后头推倒了日本的名牌，"全员达成一致……"

亚历克斯笑容满面地推倒了最后一块名牌，对着话筒说：

"泰勒！你在听吗？"

"在听，总统。"没等亚历克斯再度出声，泰勒又说："媒体那边我去跟进，再就是给各位准备饮料、小食。"

"嗯。"

亚历克斯发自内心地感到愉悦。

"这次估计会谈很久哦。"

17:30

电视画面分成了左右两半，左半边是演播厅，右半边是现场，男主播正在连线现场的女记者。

"请报道一下现场情况。"

"这里是h市。"记者背后的建筑是金色大楼，"刚刚的新闻发布会上，金色大楼新闻发言人透露，参加N州上湾峰会的各国首脑现在还在商讨议题，中间没有休息过。"

"议题一的主题原本是经济，实际探讨的是痛苦解除条例吗？"

"金色大楼并未公布具体的议题内容，不过有关人士表示，大体上应该是在谈条例。"

"各国的态度并未统一，不过就算要拖长会议时间，连着商讨四个小时还是前所未见。"

"原定的纪念活动、合影留念都已取消。按原先的议程安排，现在已经进入了议题二的探讨时间。"

"再过几个小时到晚九点，日本的新域峰会也要开始了。上湾峰会此举是否是受了新域峰会的影响？"

"还不清楚，我们完全接触不到与之相关的信息，这种情况前所未见。这将是一次不寻常的峰会。"

18:00

"我认为，我们很难同时思考善与恶。"邓恩说，"它们是对立的概念，确定了其中一方，另一方也就显现出来了。"

"不一定吧？"弗洛拉说，"对立只是你的主观认定，也许实际上是并列关系。"

"总之，它们是两样东西，这总错不了。我们一个个想就好了。"卡纳瓦罗竖起手指，"先从哪个开始呢？"

微微思考片刻后，奥托开口了。

"法律都以善为基准，没有以恶为基准的。理应先从善开始吧？"

首脑们点点头，没人提出异议。

"那么，什么是善呢？"亚历克斯轻描淡写地问道。

"用词典的定义来解释，就是被认定为道德正确的事物。"回话的人是吉莱·哈钦。他继续用博物馆人声导览似的语气说："道德就是判断正邪善恶的规范。"

"这绕来绕去就是个死循环。"卢卡吐槽了一句。

"同样的词句反复出现，是存在于拆解过程当中的常见现象。"亚历克斯说，"越接近本源就越容易出现同义反复，因为细节概念就是在这个基础上建构出来的。"

福泽跟在后面开口了："道德不就是社会规范吗？"

"也就是说，道德是在社会中诞生的吗？"弗洛拉陷入了思考。

"确实如此。"卢卡说，"如果世界上只有一个人，那就不存在所谓的善恶了。这个人可以按照自己的标准，随心所欲地生活。"

"不对，卢卡。"弗洛拉否定了卢卡的言论，"就算世界上只有一个人，善恶的存在也是清晰明了的。像'纯粹''高洁''一心向善'，这些就属于善的范畴。"

"你说这些东西，"卢卡半真半假地反问，"自尊自傲属于善吗？"

"弗洛拉，你提到的那些全是一文不值的精神迫害。"卡纳瓦罗看向弗洛拉，"另外我还想说，它们也是从社会当中发掘出来的概念。高洁是个人的宗教善力，换句话说，就是'给神看的善'。"

"嗯……确实是这样。神的存在，还有那种受监视的感觉牢固地盘亘在我们行为规范的根源里，让人感觉要是无视规范，做了坏事，总有一天会受到神的惩罚。"

"有种说法叫'遭报应'。"福泽说，"就是因果循环下，超越人类智慧的力量给予了人相应的惩罚，而非社会评判。这样一来，公平与公正就得到了维护。"

"哼。"卡纳瓦罗从鼻子里挤出一声笑，他是八人中宗教信仰最淡薄的一个，"这种超自然的法理好像不怎么可信啊。"

"也就是说，集体生活会发展出无形的，不成文的道德律法……"邓恩边思索边说，"我们把它当作了神的眼睛，还会依据那样的道德律法，自主判定善恶？"

"嗯……"亚历克斯困惑地呓语道，"听大家谈论到神，我产生了一个疑问……道德、善，这些东西是唯独人类才有的吗？"

"这是不言而喻的吧？"弗洛拉认真地说，"动物就没有善恶概念。"

"如果'集体'是萌发善恶的核心因素，那么群居动物中说不定也存在善恶概念……"奥托边想边补充道，"举例来说，象群、猴群里或许就存在不可以做，做了会被同伴指责的行为。"

"就算做了，那也不算犯错吧。"卢卡舒展开眉头，"难道你觉得大象在做出某种行为的时候还带有恶、罪、错的意识？这只是我们这些旁观者自己的想法罢了。"

"是吗，我的意思不是这个。"

"那是什么？"

"我想说的是……'善恶'本身可能早在人类出现之前就已经存在了，只是人类后来给它冠上了'善恶'的名义。以走路的说法定义走路行为的就是人类。可人类还没出现前，动物中间就已经存在走路的行为了。"

"你是想说，蜥蜴啊，鱼啊这样的群体里可能都存在善恶吗？"

"有没有可能矿石之类的无生命物质里也存在善恶？"

"你要这么想，那不如说神早已创造好了善恶。"卢卡玩味地笑了，其他人也对亚历克斯的幽默苦笑以对。

"不不。"然而亚历克斯本人却非常认真，"真理可能就是这么简单。"

20:59

等候室里的泰勒与埃德蒙全神贯注。房间里多了几台液晶显示屏，其中一台里面映出了会场里首脑们的身影。

还有一台放出来的是外界的情形——蓝天、巨型高楼。高楼脚下布置了讲台，为人熟知的那个男人已经站在了台上。

七国首脑们也正透过搬进会场的电视屏幕观看着同样的实况转播。

"好的……"现场声音从电视里传了出来，"'新域峰会'议长，新域域长斋开化的开幕记者招待会现在正式开始。首先，斋开化域长将发表峰会开幕致辞，随后接受各位媒体朋友的提问。接下来有请斋开化域长。"

斋开化点点头，笑着开始致辞：

"首先，我为这一天的到来感到由衷的喜悦。作为新域域长，我衷心地欢迎从世界各地远道而来，相聚在新域的朋友们。今天，我们在这里共聚一堂……"

泰勒用洞察的目光盯着实况转播画面。

"开幕仪式很平常啊。"

"不要掉以轻心。"埃德蒙说，"不知道什么时候就会给我们来个当头一棒。"

"他们的日程是什么样的？"

"城市市长会议开到当地时间晚六点，相当于我们这边的早上五点，休息时间也包括在内。之后什么也没安排，派对也没有。"

"真简洁，是想给外界留下刚毅利落的印象吗？"

埃德蒙闻言发出几声笑，"泰勒，你看。"

埃德蒙的手指向监控首脑会议场景的液晶屏。先前搬进会议室的电视屏不见了，三分钟前中断的讨论已经再度重启。泰勒皱起眉头：

"他们对新域峰会没兴趣？"

"应该不是，只是现在实在太忙了。"

埃德蒙看起来兴致勃勃。

"对手会出什么牌已经不重要了。他们正在探寻的是一个宏大的答案，它可以一次性解决条例和自杀问题。"

23:30

"现在，世界上还没有统一的善恶标准。"

奥托主导了讨论，其他人都在听他的阐述。

"受地域、人种、文化的影响，世界上存在无数种不同的道德律法、善恶标准。寻找'世界道德''世界之善'，就是从不同的道德律法、善恶标准中找出共通之处。"

"在讨论具体的共通点前，"亚历克斯插话道，"希望大家可以先思考为什么会存在共通点。"

"你是说起因吗，这个……"卡纳瓦罗陷入了思考。亚历克斯觉得，论信息处理速度，哈钦是最强的，论运用信息的能力，卡纳瓦罗则排在首位。

"我觉得有三个原因。"

卡纳瓦罗伸出了三根手指，所有人的目光都汇集到他的身上。

"一是自然继承。在最初的人类集体中诞生的道德，随着人类的繁衍生息，不断得到继承延续。虽然它在继承的过程中发生了变化，可还是有些东西一直留存了下来。"

"也就是说，最原始的善有成为'世界之善'的可能。"弗洛拉补充道。卡纳瓦罗点点头，继续讲述第二点：

"第二点是交流和提炼，与第一点互为补充。首先，自然继承的道德已经存在了，然后不同的文化发生交流，彼此都在这个过程中选取出自己认为更好的成分。经历完挑选，最后留下来的就成为精华，受到广泛采纳，变为了共通点。"

"这种情况下，"邓恩说，"善就是我们人类按照自己的意志选取出来的东西，是这样的吧？"

"那就说明，我们可以制造、决定'世界之善'。"卢卡讽刺地说，"折腾一通，想出来的还是我本来就有的想法。"

亚历克斯问："第三点呢？"

"第三点是反向起因。"

"反向……是人的内心吧？"

卡纳瓦罗点点头。

"每个人都拥有普适性的道德观念。善恶标准潜藏在人的心里，无论在哪里组建什么样的社会，人们内心的这部分标准必定都会成为共通点。"

"怎么可能？"卢卡追问道，"难道婴儿刚出生时就有善恶意识了？"

"从生物学的角度来看，这是有可能的。"哈钦补充了新的信息，"以被大多数文化圈视作恶行的杀人为例，它是和忌讳同类相残的遗传性质相吻合的道德，也可以解释为，人类具备的动物本能会以道德的形式显现出来。"

"善恶有这么简单吗？"卢卡脱口而出，"用不自相残杀的兽性本能就能解释清楚了？善恶观、道德观比这复杂多了。"

"哎哟。"弗洛拉戏弄般看向卢卡，"这还是那个质疑高洁、自尊并非善性的卢卡吗？"

"把人和动物等同到一起太过极端了。"

"可是，"亚历克斯说，"高洁是一种追求廉洁无瑕的意识，意味着避讳脏污、杂质。从这个意义上看，它也吻合了生物的本能。"

"啰唆！"卢卡粗暴地回怼亚历克斯。

"关于共通性的起因这个问题，大家一时之间估计也得不出明确的解答。"奥托开始推进度了，"我们应该先从探寻多种道德标准的共通点开始做起，首先是善。"

"世界共通的善……"邓恩喃喃自语，"什么是具有普遍意义的善行呢？"

"大家刚刚提到了杀人。"福泽说，"杀人被广泛认定为恶行，那与之相反的概念，即'救人'，应该就是受到广泛认同的善行了。"

众人各自表示赞同。邓恩回道：

"救助他人确实是善行，至少目前是这样。"

"联想与恶行相反的另一面是比较简单的方法……"奥托接着说，"比如'诚实'，也就是不撒谎。"

"诚实大多数情况下确实是善行……"卢卡说，"可有些时候，撒谎也是为了别人好。"

"这种情况可以算到'救人'里。诚实是存在于人际交往中的善行。"

"那公平呢？"弗洛拉提出了意见，"或者说公正。"

"公平是善行吗？"卡纳瓦罗一脸讶异地提出了质疑。

"虽然我不认为资本主义是恶行，"弗洛拉反驳道，"但不可否认的事实是，共产主义'消除贫富差距'的价值观是正确的。各国实施的累进税制也是通过财富再分配改善社会福利的手段。世人应该普遍都有追求公平的意识。"

"向往成为人上人也是所有人都有的意识。我不认为私欲就是恶，追求个人幸福应该也是善的一部分。"

"两者也许并不矛盾。"哈钦加入了进来，"个人之善不一定是社会之恶，社会之善不一定是个人之善。"

"追求个人幸福是正当的善。"奥托表示认可，"我们认同这一行为，把它视为'基本人权'。一个人有不受任何人侵害的生存权利，有自由生活的权利，这大概就是与杀人对立的明确善性吧。"

"嗯……"

亚历克斯看向手头的笔记，里面列出了大家刚刚提到的所有善行的例子。

救人

诚实

公平、公正

尊重个人的人权、自由与权利

"大家举出来的例子，大多数还是带有社会属性。"

亚历克斯闻言抬起头，说话的人是奥托。

"就连个体的人权，也是在他人身上寻求尊重。在这个意义上，个体的人权也属于社会规范。善的本质是不是就存在于'集体'当中？"

奥托把疑问抛给了圆桌会议上的所有人。从说话的语气里可以听出，奥托本人也没有完全确定自己的想法。

哈钦看向亚历克斯，"亚历克斯，你怎么看？"

"啊？"

"对于善、集体与个人，你是怎么看的？"

哈钦特意请亚历克斯发表意见，大概是因为亚历克斯发言的次数相对较少。

"这个嘛……"亚历克斯带着困惑的神情开口了，"我觉得善性源于社会属性、集体的说法是个有趣的假说。"

"所以它是错的？"

"嗯……不好意思，我就是稍微有这么个感觉……"

"反正你一天二十四小时都在讲感觉。"卢卡哼笑道，"行了，要说什么就说吧。"

"嗯。这个……怎么说呢，我感觉善应该是一个更加宽泛的东西，对个人和对集体的意义都是同等的，可以直接适用于任何不同的时代。它是个人的善和集体的善里面，同时符合两方利益的东西，就是那种到哪儿都行得通的概念，差不多是这样吧。"

"那可真是个好东西。"卢卡说，"如果它确实存在的话。"

"是啊……"

亚历克斯再次陷入了困惑。

01:00

"山姆，这个也交给你了！"

山姆·爱德华接过短小的稿件，当即写下译文递了回去。工作人员道了声谢，急匆匆地跑开了。山姆趁着片刻的空闲揉了揉双眼，开始感到疲惫。

反常的峰会还在继续。

峰会首日的计划已经全部取消。记者招待会、派对、工作晚餐，所有安排都已中止，工作人员们为此疲于奔命。

而取消了原定计划的首脑们眼下还待在会场。移民博物馆大厅中央临时隔出的会场实在称不上宽敞，只能容纳现有的几个人。首脑们已经在里面连续探讨了大概十二个小时，完全没停下来休息过。

按原定计划，过了晚上十点，峰会首日的所有安排就结束了，可现在时钟都已经指向了凌晨一点。

就在工作人员担心各国首脑的体力是否还能支撑下去的时候，有些人已经当先撑不下去了，那就是各国的同传译员。

同传工作需要高度的精神集中，为此，各国都带来了两到三名同传译员，让他们交替着提供同传服务。放在寻常的会议上，这几个译员人数已经够用了。可这次的峰会非比寻常，按两小时，再长也不会超过三小时的时间预计组建的同传队伍会力有不逮也是理所当然的。

山姆努力睁大迷蒙的泪眼，视野里出现了上司的身影。上司一脸倦容地朝山姆挥挥手。

"出什么问题了吗？"

"没有。不过等会儿可能要派你进去顶替原来的同传，你先准备一下吧。"

"好的。"

上司快步走开了。山姆在极短的时间里担忧了一会儿，然后翻找起随身物品来。他翻出来的是一个与自己魁梧的身形极其不搭的小巧水壶。山姆把壶盖当水杯，倒了一杯自己喜欢的茶，茶是从家里带过来的。水壶是保温水壶，不过毕竟都过去了大半天，也保不了什么温了。

山姆一口气喝尽不冷不热的茶水，再次埋首到手头的工作里。

02:00

吉莱·哈钦拿食指敲了下桌面。

"我这里有一个思考善的切入点。"全员视线汇集到哈钦身上，"是一个问题。"

"问题？"邓恩说。

"在场不少人应该也听说过，就是'电车难题'。"

"那个啊。"卢卡皱起眉头，"没人不知道吧，这个时候需要讨论它吗？"

邓恩开口了："我也听说过这个问题，不过还从来没和别人积极探讨过。这个问题拷问的正是道德标准、善恶。"

有几个首脑表示了同意。哈钦得了允许，开始讲述起问题的梗概。

"你站在轨道的道岔旁边，一辆刹车失灵的电车正向这边高速驶来。如果任由电车继续按现在的方向行驶，它就会撞死前面的五名施工员，可要是扳下道岔，电车改道后又会撞死另一条轨道上的一名施工员。"吉莱·哈钦询问在场全员，"该不该扳下这个道岔？"

"电车难题问的是功利主义正确与否。"最先发言的是卡纳瓦罗，"是不是要为了救五个人而牺牲掉一个人的性命。"

"单纯来看的话，也许应该选择能救更多人的一项。"福泽说，"可要上升到伦理角度，这个问题就没那么简单了。"

"有人开始唱起'一条人命大过一切'的论调了。"卢卡出言讥讽道。

"放在一起比较的可都是人命。"弗洛拉说，"肯定要考虑到一个与五个之间的差距。"

嘴上虽然这么说，可弗洛拉的表情和声音里却还是透露出显而易见的困惑。她讨厌用数字定义善性。

"五比一的比例影响了我们的判断。"亚历克斯说，"如果这个比例是一比一，大家的结论就会有所不同，要是一比一百万，结论肯定还会变化。"

"如果是一比一的话，"弗洛拉严肃地说，"扳道岔的人就成了选择让谁去死的人，这是不可原谅的，亚历克斯。"

"你的意思是，与其让一个人决定另一个人的生死，还不如就放任它成为一次意外事故？"

"是的，这样至少不会产生'罪孽'。"

"等等，做出选择的人会犯下罪孽？"卡纳瓦罗强烈反驳道，"真是可笑。如果在人命中做选择会背负罪孽，那没有人会去救助他人，损失太大了。"

"电车难题是简化了的思想实验。"邓恩加入了对话，"要是问你，有两个人溺水了，你选择救谁，答案应该又会不同。"

"回到刚刚的话题，"亚历克斯接着说，"如果比例是一比一百万，在座所有人大概都会选择救那一百万人吧？"

众人各自表示肯定，弗洛拉也不满地点点头。

"我觉得，数字无疑影响了人们对善的判断。"亚历克斯自言自语般接着说，"不过，事情并没有这么简单……"

"为了帮助大家更加深入地思考，"哈钦说，"还是同样的主题，我再给大家提一个新问题。"

"生存抽签。"

"那是什么？"弗洛拉问。

"没听说过啊。"邓恩说。

"在座各位有知道这个问题的吗？"

哈钦问完后，亚历克斯和奥托举起了手。哈钦点点头，开始介绍起来。

"我们举行一场公平的抽签，通过抽签选出一个身体健康的国民，然后杀死这个人，取出他的五个脏器，分配给五个需要做脏器移植手术的人。这样，我们就以一个人的死亡换回了五个人的生命。那么……"哈钦向全员提问道，"这个行为是善行吗？"

"岂有此理。"弗洛拉强硬地说，"这是杀人。"

"在选择救一个人还是五个人这一点上，它和电车难题没什么两样吧。"卡纳瓦罗说。

"不，不一样。这两个问题太不一样了。"

"如二位所言……"福泽边思索边说，"这两个问题看起来问的都是同一件事，可给人的感觉却大不相同。一个是让电车换到只有一个人的轨道上，一个是选出一个人杀掉。结果都是死一个人，可是……"

"'罪恶感'不同。"奥托接过了话头，"前者是因为意外事故害死了一个人，后者是主动选一个人杀死。一个让人感觉事出无奈，一个让人感觉罪大恶极。"

"重点不在于数字。"邓恩说，"是'意志与方式'影响了我们的善恶判断。"

"感情用事。"卡纳瓦罗插了进来，话里透出否定的意思，"说到底，不就是没能保持绝对的客观冷静吗？反正最后的结果一样，都是五个人得救了，情感上的愧疚事后自然会消解的。"

"要是盲目相信数字，你把政治问题交给计算机处理就行了。"卢卡反驳道，"人是有感情的动物，不可能撇开感情做决定。"

"关于这个主题，有人做过相关的实验。"哈钦说，"实验者在被试者思考这两个问题的时候，利用磁共振成像技术扫描了被试者的大脑，以研究被试者在思考过程中调动的是大脑里的哪块区域。结果显示，思考电车难题的时候，大脑里被称作背外侧前额叶皮层的'客观计算判断'区域非常活跃。与之相对，思考生存抽签问题的时候，大脑前额叶皮层内侧与'情感'相关的区域非常活跃。这个区域会对喜悦、愤怒、激情、痛苦做出反应……"

"也就是说，人对生存抽签问题的判断更为原始。"卡纳瓦罗自信地说，"对于生存抽签的厌恶是动物性情感。人之所以为人，正是因为具备客观、理性判断的能力。"

"等等。如果是这样的话……"弗洛拉插了进来，她在思索着什么，"我们在生存抽签问题上感受到的善恶情感是生来即有的吗？"

"这一点先前也提到过了，它是从人心里产生的，根源于生物学的道德观念。"

亚历克斯轻描淡写地说，所有人都看向了他。

"嗯，总之，在电车难题的场景里，当事人觉得自己主动下手害死了人的意识比较淡薄，而在生存抽签的场景里，当事人觉得自己杀了人的感觉会更加强烈。会不会是忌讳同类相残的遗传情感导致了人对生存抽签的排斥呢……"

"救助同类这种事，动物也懂。"卡纳瓦罗看向弗洛拉，"而考虑数字是更加复杂、高级的行为。"

"你是说，如果做出的是属于高等动物的判断，那就算害死了人也无所谓？"

卡纳瓦罗与弗洛拉的意见呈对峙态势，两人之间开始燃起战火。

讨论进入了白热化阶段。

可这些声音几乎都没传到亚历克斯的耳朵里去，亚历克斯已经开始思考其他事情了。

他感觉自己似乎快抓住什么了。

嗯……

电车难题和生存抽签讲的都是同一件事，虽然数字、方式、结果与变动增多加深了它们的复杂程度，可归根结底，它们的本质是一样的。

两者都是想救人。

这是大前提，是两个问题之间的共通点，存在于问题的根源里。

亚历克斯一个个检验着他们认为属于善行的例子。

救人

这是让人活下去，保留人生命的行为。

诚实

这是让集体活下去的行为，消除谎言就保障了社会的运行。

公平、公正

它的目的也是让人活下去，回避了因不公平产生纷争。

尊重个人的人权、自由及权利

它原本就是守护人生命的行为。

自己生存，让别人生存，亚历克斯在大脑里反复念诵着这两组词，感觉自己似乎接近了水底，天好像就快亮了。事实上，现在已经快到凌晨四点了。

归根结底，如果为人的根源里有"生存"，忌讳痛苦解除条例的心理就是正确的。自杀意味着人的死亡，生与死使人形成对立。

问题越来越简单了，就快看到答案了，亚历克斯想。

所以，所以……

现在应该思考的是——

存在于善恶根源里的是——

什么是"生存"吗？

丁零零零零！一阵电子音响起，全体首脑同时反应过来，是耳机里的紧急呼叫音。

"总统！"

泰勒呼叫了亚历克斯。

04:04

亚历克斯在警卫的簇拥下疾步赶来。房间里，以泰勒和埃德蒙为首的主要人员已经集结在了一起。

这是在移民博物馆的其中一个房间里搭建起来的"临时紧急指挥室"，里面配备了各种应急设备。指挥室通过安全性有保障的通信线路连通 h 市的危机处理室，是建在峰会现场的"第二战情室"。挂在墙上的大型液晶屏里显示出一个人的身影。

坐在受访席上的男人是斋开化。

实况转播画面里，斋开化还没有开口说话，似乎是在等待着什么。

埃德蒙说明了情况："两分钟前，新域联系了我们。"

"联系？"亚历克斯急匆匆地坐下来，开口询问道。

"斋开化说有话要传达给这边的峰会。"

亚历克斯看向屏幕里的实况转播。位于室外的记者招待会会场已被余晖染成了橘色，现在是天色未明的凌晨四点，新域此时是傍晚五点。

画面里的斋开化戴上耳机，直直地凝视着面前的镜头。

"参加 N 州上湾峰会的各国首脑们，你们好。"斋开化说，"我是新域域长斋开化。这次擅做主张地单方面联系你们，真是抱歉。不过，现在情况紧急，还望各位多担待。"

"用的是普通线路。"泰勒对亚历克斯说，"日本，还有世界各地的媒体应该都在实况转播。"

"今天，第一届新域峰会召开了。"斋开化接着说，脸上没有笑意。

"我们在会上商讨出了具体的成果。除此之外，还发生了另外一件事，就是支持条例的民众集结到了新域峰会的会场，也就是新域政府大楼。现在，超过十万名民众把政府大楼周边围得水泄不通。当然了，他们当中……"斋开化神色肃穆地说，"也有想要自杀的人。"

泰勒皱起眉头，埃德蒙也面露复杂。

镜头一转。

屏幕上显示出带有舞台的宽敞大厅，大厅一二楼的观众席加在一起，应该至少能容纳一千人。微暗的灯光洒在大厅里，观众席上坐满了人。

　　"这是新域政府大楼附设的大厅。"斋开化介绍道，"现在，这个大厅里有一千零十三名期待着自杀的人。"

　　紧急指挥室里一片哗然。

　　"在新域，自杀的权利受到条例的保障。"斋开化的话还在继续，"新域政府大楼里还储备了自杀药物'尼克斯'。为守护意图自杀者的权利，新域会为他们提供尼克斯。"

　　悲叹声在紧急指挥室里扩散，有人捂住了嘴巴，有人调转开了视线，所有人脸上都现出心痛的神情。

　　"这个家伙。"埃德蒙愤恨地说，"难道是准备直播集体自杀吗？"

　　"一千人……和两个月前的六十人根本不在一个量级。"泰勒神色扭曲了，但他不能被情绪左右，"他的目的是什么？一千人自杀能改变什么？"

　　"是想宣扬条例吗？"埃德蒙分析说，"他想不断降低自杀门槛，告诉世人自杀没有任何问题，人可以自杀，改变世人对于自杀的看法。"

　　"可这样也会招致强烈的抵触情绪。"泰勒也在大脑里不断推演可能出现的情形，"他要是明确表示助力一千个人自杀，新域的法律就会遭受舆论的重大否定……"

　　"在这群意图自杀的民众当中……"

　　两人再次看向屏幕，画面切回到受访席上的斋开化身上。

　　"有一位女孩希望用跳楼，而不是吃药的方式实施自杀。新域及新域自杀综合援助机构会对意图自杀的人提供尽可能的支持，所以，我们为这个女孩开放了新域政府大楼的楼顶，准许她从政府大楼上跳下去。"

一名工作人员用力捶了下墙壁。好几个人都感到愤懑不平，既是对辅助他人自杀的斋开化，也是对无法阻止斋开化的自己。

"不过，现在还有唯一的一个问题。"

斋开化的语调微微沉了下去。

"问题？"泰勒发出了声音，心道还有比一千个人自杀更严重的问题吗？

"这个女孩……"斋开化顿了顿，"她说自己很迷茫，不知道是应该死亡，还是继续活着。"

房间里再次骚动起来。

"这就是唯一，且最大的问题。意图自杀的人实施自杀的行为应该得到肯定，可如果这个人实际上根本就不想死的话，他（她）就绝对不应该死，更不该自杀。这个女孩和新域的生活咨询顾问沟通过，却还是下定不了决心。我觉得，她是不相信新域的生活咨询顾问，觉得新域的人肯定是要劝她自杀……她现在就在新域大楼楼顶，尚未决定是生还是死。"

斋开化抬起头。

"在此，我以新域域长的名义正式提出请求。"

斋开化深深地凝望着镜头，目光像是要钉穿屏幕另一端的人。

"上湾峰会议长，A 国亚历山大·W. 伍德总统。"

亚历克斯的眼皮不断跳动。

斋开化神色肃穆地说：

"我想请您与这个女孩对一次话。"

紧急指挥室里的空气凝滞了一瞬。

紧接着的下一个瞬间，房间里骚动起来。泰勒愤恨地咬紧后槽牙，埃德蒙目光冰冷地看着画面里的斋开化。

"我没有办法。"斋开化接着说，"我顶着新域域长的身份，无论说什么，在她看来都是有失偏颇的见解。不过话虽如此，我也不希望找一个反对颁布条例的人与她交流。Ａ国目前还没有表明立场，正是出于这个原因，我希望您能作为Ａ国的代表，与这个女孩谈一谈。"

镜头一转。

画面里出现了某个地方的俯拍视角，看起来像是一座庭园。建在七座塔楼中的其中一座上，位于新域政府大楼最顶层的超高层庭园，曾经有六十四人在这座贴着玻璃幕墙的空中庭园跳楼自杀。现在，庭园里站着一个女孩。

女孩一头长发，身穿普通的衬衣长裙，看着像高中生，年纪最多不超过二十岁，就是个普普通通的日本少女。

夕阳晕染下的庭园中央，女孩百无聊赖地站在那里。

现在，她正处于生与死的边缘。

"总统阁下，"斋开化的声音从屏幕里传了出来，"我并不是希望您阻止她，也不是希望您劝她自杀，只是想请您和她一起思考一个问题。"

斋开化对亚历克斯说：

"这个问题就是，对她来说，什么是'至善'。"

04:07

"这就是他的目的！"泰勒烦躁地捶了下桌子，"峰会时间和我们撞期就是为了达到这个目的。斋开化想把总统当众拽出来，让总统去劝说意图自杀的人。众目睽睽之下，假如劝说失败，全世界的责难都会聚焦到我们身上。这不仅关乎 A 国，还关乎所有峰会参与国的信誉！"

"可我们又不能置之不理。"埃德蒙以手扶额，发愁不已，"如果拒绝和那个意图自杀的女孩对话，问题就会上升到国际层面。无论事实真相如何，A 国都会背上害人性命的骂名。"

"真是打得一副好算盘。"泰勒神色冷峻地看向亚历克斯，"斋开化机关算尽，为的就是把您拉到人前。"

"嗯，大概吧，先不说这个……"

"不说这个？"

亚历克斯神色不定地伸手指着转播画面。

"那个人……是女孩没错吧？"

泰勒挑起一边的眉毛，思考亚历克斯话里的意思。

几秒后，泰勒对工作人员喊道：

"去叫特别调查官！快！"

04:09

　　紧急指挥室的大门被人撞开，工作人员与正崎善冲了进来。泰勒招手示意正崎善走近，盯着面前的屏幕问道：

　　"这个人是曲世爱吗？"

　　"没有确凿的证据。外表不能作为判断的依据。"正崎快速回道，"不过，她就是曲世。"

　　"为什么？"

　　"曲世爱就是这样的人。"正崎看向亚历克斯，"会出现在这种场合，还要指定与您对话，除她之外不做他想。会出现在这种地方的女人只有可能是曲世爱。"

　　"如果她真是曲世爱的话……和她对完话以后，我会怎么样呢？"亚历克斯慢吞吞地问，"会被她催眠吗？会听从她的一切命令吗？"

　　正崎陷入了思考。亚历克斯掌握的信息少得可怜，正崎是他唯一的线索。

　　"……迄今为止，受到曲世影响的基本都是与她有过'直接接触'的人。就我了解到的情况来看，他们要么是和曲世共处一室，要么是和她有过面对面的交流，然后就受到了曲世的操控。有人失去了自主意识……还有人自己写下遗书，开枪自尽。"

　　泰勒与埃德蒙拧起了眉，实在没办法相信正崎所说的话。亚历克斯却一边点头，一边认真听着。

"如果必须有直接接触才会受影响，远程通话是不是就没问题了？声音是通过电话传出来的……"

"这个还不确定。"

"如果曲世能自己单方面地实行语音控制，那也没必要特意指定我与她对话，只要把自己的声音传播出去就可以了。这是不是就可以说明，曲世爱必须通过直接与人交流发挥能力呢？"

"就算是这样，您也绝对不能和她对话。"正崎加重语气说，"我们没有掌握确凿的信息，没有任何证据显示这样做是安全可靠的。所以，您绝对不能和她对话。"

"这我也知道……"

亚历克斯的视线转向泰勒与埃德蒙，两人回以复杂难辨的神情。他们还没做出决断，亚历克斯明白他们在纠结什么。

既然存在受人操控的未知风险，他们就不能放任总统出面。可万众瞩目之下，A国又不能对意图自杀的女孩视而不见。

两人产生了一种被人逼进死胡同，走投无路的感觉。

"诶？不对……"

亚历克斯抬起头，吸引了周遭的注意。

直至此刻，他才发觉——

"我根本就无法同她对话。"

泰勒和埃德蒙跟在后面反应过来。

这个发现同时又告知了他们一个全新的事实。

04:11

　　紧急指挥室临时清退了所有无关人员。亚历克斯、泰勒、埃德蒙、阁僚级高官，再加上正崎，留在房间里的不到十个人。

　　"各位好。"

　　身形像熊一样的男人走进指挥室，矮小的亚历克斯仰望着眼前这座"大山"。

　　亚历克斯叫出了大山的名字：

　　"山姆·爱德华？"

　　"是的，总统。"

　　A国国务厅语言服务处日语翻译山姆·爱德华平静回道。

　　"眼下的情形……"亚历克斯问。

　　"我已经看了电视里的新闻报道。"

　　"好。"亚历克斯颔首，"那你就听他讲讲电视里没提到的事。然后，我希望你给我一个决定。"

　　"决定……"

　　山姆转身看去，正崎上前一步，从众人当中走了出来。正崎要向对方解释的是，现在出现在电视里的日本少女可能拥有类似于超能力的神奇力量。

　　以及，与少女有过对话的人可能会死。

04:14

山姆·爱德华感到不可思议。

这个身为联合调查局调查官的男人讲述的内容实在是非常不可思议。催眠术、超能力，尽是离奇古怪的东西，和寻常的生活完全绝缘，普通人大概一辈子也见不到一次。

然而更让山姆觉得不可思议的是，他听着听着，竟然渐渐平静了下来。山姆感觉自己好像发生了变形，慢慢被收纳进一个大小正合适的容器里，越来越严丝合缝的感觉蔓延到他的全身上下。

一个少女要发起一场探讨自身生死的对话。

自己作为翻译，要赌上自己的生死，与少女对话。

自己译出的每一个字眼都有可能成为左右生死的关键。一些人是生还是死，仅仅取决于自己有没有说出某个字句，有没有正确传达出语言的意义。可能所有人都会死，也可能所有人都会活。

山姆一直都觉得，这就是语言拥有的力量。

"我可以。"

山姆·爱德华坚定地说，引起了周遭众人的惊异。

"我去同传隔间了。"

04:18

　　泰勒把听筒放到耳边。安装在紧急指挥室里的固定电话，通过同声传译，连通了遥远的岛国。

　　实况转播画面里的斋开化有了反应。他拿起受访席桌上的电话话筒，当先开口道：

　　"这通电话将经由公共无线电传输到日本以及全世界，请您仅在知悉并同意的情况下开口讲话。"

　　泰勒回应了：

　　"我是 A 国国务卿，泰勒·格里芬。"

　　伴随着因传译及长途连线带来的延迟，泰勒的话语传到了大洋彼岸。从电话那头的背景音里可以听出，对面开始骚动起来了。

　　"国务卿格里芬先生，"斋开化继续说，"我能请 A 国总统与那个女孩通话吗？"

　　"对谈要通过同传进行，用我们的译员。"泰勒提出了条件，"仅限语音通话，我们这边不开视频。"

　　电视里，斋开化露出理解的神情，缓缓地，大幅度地点了点头。

　　"可以尽快开始。"

04:19

"他被推到人前了。"卢卡皱起眉头。各国首脑还留在会场，全都守在电视屏幕前。"没有退路了。"

"斋开化的计划成功了。亚历克斯根本逃不开。"邓恩说。

"拿人命当筹码……"弗洛拉的怒气达到了顶点，甚至都已经近乎于憎恶了，"和恐怖分子有什么区别？这是不可原谅的暴行。"

"可不管事实如何，那些人表面上就是有自杀倾向的人。"卡纳瓦罗说。他试图使自己冷静，然而嫌恶的情绪还是渗进了心里。

先前离席的福泽回到座位上，重新戴上了耳机。"我已经下令让电视媒体停止转播……可仅仅这样根本阻止不了斋开化，他有好几种转播渠道。"福泽握在桌上的拳头不断颤抖。

"我们只能这么亲眼看着到最后一刻。"奥托·赫里格尔艰难地开口道，"看那个条例会创造出什么样的世界。这场对话结束后，应该会决定未来的一些事情。"

"给他们点颜色瞧瞧吧，亚历克斯。"

卢卡喃喃自语道。一旁的弗洛拉听到了，开口问卢卡：

"你不是很讨厌亚历克斯吗？"

"是啊，非常讨厌，因为他就是个蠢货，简直蠢到了不可思议的地步。"

卢卡的目光回到电视画面上，接着说：

"能想办法处理好这种情况的，也就只有实打实的蠢货了。"

04:20

走廊上一字排开了八间同传隔间，每一间里都坐了各个峰会与会国带来的译员。由于首脑还留在会场，各个隔间里的译员得继续他们的翻译工作。

山姆进了分配给 A 国的同传隔间。走廊上安排了两名警卫，以及医生、护士、急救员各一名，以备不时之需。急救员曾申请进入隔间，不过山姆拒绝了。一方面是隔间本来就小，最重要的原因是，山姆需要可以让自己集中注意力的环境。

平时坐着两名译员的隔间里，山姆独自一人对着麦克风。

他的内心非常平静，所有的注意力都放在即将开始的工作里。这都是总统的功劳。

尽管心里已经做了十足的准备，山姆还是不可能完全抛开不安。那名调查官讲述的内容太过可怕，让山姆联想到了可能的凄惨结局。他要面临的是一个把数十人逼入了死亡绝境的残暴杀人魔。

不过，在山姆离开指挥室，前往同传隔间前，亚历克斯小声对他说了这样一番话。

"大家的神经都绷得紧紧的，你就保持平常心，按平时那个样子来就行。"亚历克斯微笑着对他说，"毕竟，对方可能真的就只是个在考虑要不要自杀的普通女孩。"

就是这句话让山姆重归平静。

他带着焕然一新的心情，面向麦克风说："准备完毕。"

04:24

女孩一动不动地立在庭园中央。

落在草坪上的夕阳色泽渐深，一个像是新域政府职员的人出现在庭园，把电话递给女孩，随后就走开了。庭园里再次只剩下女孩一人。

俯拍镜头离得太远了，看不清女孩脸上的神情。紧急指挥室也没有传送己方的现场实况，双方彼此之间都存在视觉信息方面的限制。

亚历克斯和女孩经由译员的声音取得了联系。

"你好。"

说出第一句话的是亚历克斯。译员译出的话语抵达新域，上了实况转播。

两人之间的对话就这么传送到了全世界。

"我是 A 国总统亚历山大·W. 伍德。那个……可以告诉我你的名字吗？不方便的话就用假名。"

"公羊……"少女沉静地说，"公羊佳苗，这是我的真名。"

"公羊佳苗。我能叫你佳苗吗？"

"可以。"

"你可以叫我亚历克斯。"

"亚历克斯总统。"

"叫亚历克斯就行。"

屏幕里的佳苗似乎点了点头，不过并没有按照亚历克斯说的那样称呼他。

亚历克斯觉得对方的性格很沉静，或许是受了山姆翻译的影响，不过亚历克斯相信，山姆向自己正确传达了对方说的话，以及措辞的语感。

尽管如此，他还是觉得女孩沉静得过分了。

面对这样的阵势，她没有紧张，也没有激动，沉着得就像一个老人。亚历克斯心想，这个女孩会有多大呢？

"佳苗，你多大了？"

"十九岁。"

"还是学生？"

"不，现在什么都没做……每天就是待在家里。说起来不太好意思，我还在靠父母养着。"

"是吗。那……"

亚历克斯努力搜寻话题，却不知道还能再说些什么了。他最不擅长的就是和别人聊天。

"佳苗。"他索性放弃闲聊，直接开问了，"你为什么会产生自杀的想法呢？"

"为什么……"公羊佳苗迷茫地低语道，"为什么呢……不好意思……我不知道。说不定，我不是期望着自杀，只是……怎么说呢，太平静了。"

"平静？"

"空茫茫的平静。"女孩说，"我不是期望自杀……可要问我想不想继续活着，我也不想……所以……我不知道该怎么办。"

亚历克斯听着女孩的倾诉，却抓不住女孩的心思。她说得太虚无缥缈了。

"于是我就想……这么百无聊赖地活着，既费钱，又拖累了父母……"

"你的父母应该不会把你看作累赘……"

亚历克斯边说边反应过来，他讲这些话没有任何意义，这场谈话的本质并不在此。他开始在心里盘算起来。

想知道女孩为什么会产生自杀的想法，就必须先了解这个女孩。

"佳苗。"

"嗯。"

"可以给我讲讲关于你的事情吗？"

"关于我的？"

"嗯。"

"我……"

拿着电话的少女微微沉默了片刻，全世界好像都安静了下来。

"我就是个普通人。"公羊佳苗沉静地开始了自己的讲述，"让我自己来说的话，也不知道说出来的东西可不可信。总之，我觉得自己是个非常普通的人，从小就不怎么引人注意……小学初中就是正常上学，和朋友一起玩。一直到初中那会儿，我都没什么兴趣爱好，不过我一直期待着找到自己的爱好，想尝试着喜欢上什么东西。"

"嗯。"

"于是我想，那就试试做乐队吧。之后，我还和朋友一起跑很远去参加现场演出。"

"嗯。"

"然后，我就认识了一个来看演出的当地粉丝，我们一起吃了顿饭。再然后，我……就在那天，和那个第一次见面的粉丝上了床。"

"是吗？"

亚历克斯有些惊讶，没料到女孩会这么坦诚。女孩正在认真讲述自己的经历，他觉得自己不该在这时候叫停。

"他和我同龄。我只和他交换了个联系方式，就回老家了。那之后，我们开始互发短信，说到了交往的事情，他就成了我第一个男朋友。后来……"女孩的声音一如既往，"我发现自己怀孕了。"

亚历克斯沉默地听着。

他不知道要如何回应。

"我把怀孕的事告诉了他，自那之后，他就失联了。我只知道他的电话号码和手机邮件地址，他换号以后，我就联系不上他了。我对父母坦白了一切，和父母商量怎么办。父母没去找他，说让我打掉孩子。我对他已经不抱希望了，本来也就是只有过一面之缘的人。可是……现在已经不太能回想起当时的心情了……反正那个时候，我决定生下孩子。"

女孩的讲述毫无情感起伏。

公羊佳苗淡然地接着说：

"在那之后，我过了一段难熬的日子，不过现在回想起来已经很模糊了。我说服父母接受这个孩子，还去找学校商量了上学的事情。我上的是私立学校，所以最后还是被开除了。那个时候的我过得很艰难……最后，我的父母妥协了，在他们的帮助下，我平安生下了一个男孩。"

到这里，公羊佳苗似乎才露出了第一个微笑。

"我给他起了个名字，叫小晴。"

04:23

"这个名字……"

山姆在下意识的反应下开口了。亚历克斯刚刚并没发言，山姆说的是自己的原话，而不是译出语。山姆认为自己的举动是有必要的。为正确传达出女孩表达的意思、意义，他必须问一个问题。

"是哪个字，表示什么意思呢？"

"'晴'表示'晴朗'。"女孩回道，"天空很晴朗。就是这个'晴'。"

04:33

"晴朗，hare[1]。"

亚历克斯小声念着从山姆那里听来的词。

"嗯，名字起得挺好。"

"小晴几乎不怎么哭。"

女孩说，曾经似乎出现过一瞬的微笑已经消失不见了。

"我以为小孩总是会哭，不过小晴是个很省心的婴儿。他喝奶很乖，一玩游戏就笑，夜里和我一起睡。我有时还傻傻地想，他要是稍微闹腾一点就好了。"女孩静静地说，"那天早上，小晴的身体僵硬了。"

亚历克斯哑然失语。

"婴儿猝死综合征……医生是这么和我说的。我到现在也不知道原因是什么，反正他就是没了。我很伤心，哭喊过，消沉过……可是，悲伤过一阵后，我平静下来了。"女孩平淡的讲述还在继续，就像静默无波的湖面一样，"我也不知道是为什么……我没有强烈的求死意志，就是……莫名地觉得太平静了……总统先生。"

她抛出了疑问：

"我该怎么办才好呢？"

---

1 hare："晴"字的日语读法。

04:36

　　紧急指挥室里鸦雀无声，在这样的寂静里，好像吞口水的声音都会显得尤其吵闹。泰勒和埃德蒙紧盯着亚历克斯。

　　女孩提出了疑问，这是一个决定性的问题。她在直截了当地问亚历克斯，自己应该做什么，是继续活着，还是走向死亡。房间里的所有人都清楚，亚历克斯的回答将决定一切。

04:36

　　会场里，所有人都屏息凝望着转播画面。

　　他们在等亚历克斯的答案。所有人都紧张得大气都不敢出一口，等着听亚历克斯怎么回答，怎么拯救这个女孩。

04:36

　　气氛紧张至极。

　　唯独亚历克斯一人心平气和。

　　他的声音听起来甚至还有些兴奋。

　　"佳苗。"

　　"嗯。"

"其实，我今天，哦不，应该是从昨天起也一直在思考这个问题。真是太巧了，我们好像都在因同一件事感到苦恼。"

"同一件事？……"

"就是什么是'善'。"

亚历克斯反复回味着公羊佳苗的疑问，她确实是这么说的——

我该怎么办才"好"呢？

"峰会进行期间，我和其他国家的代表一直都在思考这个问题。结果……非常抱歉……"亚历克斯遗憾地说，"说实话，我还没弄明白，不知道答案是什么。"

"没弄明白？"

"是啊……不过，我自己感觉快了，好像就差一步了，也可能是我的错觉……总之我承认，现在，我还没弄明白什么是'善'。就算你问我，我也没办法告诉你。所以，那个……"亚历克斯就像是对着朋友一般询问道，"你可以稍微等等我吗？"

公羊佳苗似乎很惊讶。

"等你？"

"对，虽然刚刚说了可能是错觉，但我真的觉得只差一点了。我心里有这种预感……还有，大家都说我的直觉很准，所以我想，我大概真的马上就能找到答案了。我觉得'善'是可以被人理解的概念，等我弄明白了，我会马上告诉你的。啊，当然了，如果你先弄明白了，希望你也可以告诉我。"

"所以……"女孩问，"我应该活下去，然后不断思考这个问题吗？"

"不，不是这样的。"

亚历克斯理所当然地回道。一旁的泰勒瞪大眼，用看外星人的目光看向亚历克斯。

"我只是让你等到得到答案了为止……"亚历克斯轻松地说，"如果'善'的解答是自杀，你就可以毫无顾虑地实施自杀了。真到了那个时候，我也会赴死的。我们可以一起死。"

公羊佳苗没再答复什么了。

代之而来的是山姆的说明：

"那个女孩在笑。"

04:39

"哈哈哈哈哈哈哈！！"

卢卡的大笑声响彻会场。各国首脑反应不一，有人张大了嘴，有人盖住了脸。总之，所有人都惊呆了。

"我说什么来着！"卢卡得意扬扬地说，"那家伙就是个实打实的蠢货！"

04:40

"我是可以死的吗？"

公羊佳苗的笑声没有传到亚历克斯的耳朵里，两人之间的语音交流是彻底隔绝开的。然而山姆的翻译传递出了凌驾于语言之上的感性。亚历克斯知道，佳苗是带着豁然开朗的感觉问出的这个问题。

"如果那是'善'，不就是一件'善事'吗？"亚历克斯说完歪了歪头，"怎么感觉说重复了……重复就重复吧，啊，又说重了……"

"真好笑……"

"哪里好笑了，本来就是这样嘛。"

两人互相笑着，跨越了通信及传译带来的时差。

夹在中间的山姆似乎也克制地笑了。

"啊……"公羊佳苗自言自语般低喃道，"我没想获得别人的同情……也没想听别人给我描述什么光明的未来……我就是想知道，应该怎么做才'好'，什么是'善'……可是，现在好像还没人知道这个问题的答案。"

"至少在我周围是这样。"

"总统，您想明白了以后，可以马上告诉我吗？"

"好，一言为定。"

"那么，"女孩说，"我就再等等。"

屏幕里的公羊佳苗对着电话说完这句，就挂断电话，脚下迈开了步伐。

步伐的前方是回办公大楼的玻璃门。

04:43

"成功了！成功了！"

一名工作成员喊了出来，紧接着，紧急指挥室的所有人都开始欢呼。大家互相拥抱，捶打彼此的肩膀。

这是活着的人仅仅因某个人不会死而感到的单纯的喜悦，正因为单纯，它才会为人类所共有。

泰勒与埃德蒙双双吐出一口气。意识到身边彼此的存在后，两人握了握手。指挥室外也传来了观看转播的工作人员发出的欢呼声，整个峰会会场都沉浸在喜悦当中。

04:43

山姆·爱德华被巨大的喜悦环绕在内。他的喜悦不是源自成功拯救了一名少女，而是源自自己恰如其分地连接起了两个人的内心。它是一种基于译者信仰的欣悦。

山姆觉得自己成了水，成了空气。

作为心灵电波的传导者，山姆要把一方的心绪完全传递给另外一方，不加阻拦，不做变动，只把自己当作存在于双方之间的中转人。山姆觉得自己做到了，他甚至觉得，自己之所以会当译员，就是为了今天这一刻的到来。他想和应该也有过同样感觉的译员同伴分享此刻

的喜悦。

恰好就在这个时候，同传隔间的门打开了。山姆带着笑看过去，进来的是 B 国首相洛维的随行翻译。

04:43

沸腾的指挥室一角，唯有正崎一脸严峻。让他露出如此表情的是心里一股不大对劲的感觉。

正崎不知道这种感觉源自何方，反正心里就是有个声音一直在不断呼喊着。

不对。

不对。

04:44

欸？……

亚历克斯在心里自言自语。

指挥室里的气氛还很热烈，工作人员们笑着，叫着。然而这些声音基本都没传到亚历克斯的耳朵里。

亚历克斯的精神非常集中。

这种状态开始于通话结束之后。

莫非……这种……

直觉已经告诉了他答案。

为了证明，亚历克斯陷入了思索。

他思考的速度越来越快，一个个念头走马观花般在脑海里闪现。

我觉得她的等待是"好事"，这一点确信无疑。虽然不知道原理何在，但我就是觉得那是"好事"

为什么？

因为时限放宽了？时间延长了？

什么是生？

就是从诞生到死亡。

意义在于时间的长短？长就是"好事"？

亚历克斯的思绪向四处发散，好几个想法同时划过大脑。各自独立的想法连接到一起，渐渐形成了有机构造。

"走路"是人类出现之前就有的行为，人类所做的不过是给它冠上了名称，下了定义。

生物以外的范畴里也会存在"善"吗？

长久存在就是"善"？那岩石、宇宙也是？

亚历克斯不断对着自己发问。

长久存在的东西是善，长久存在的东西会变成善，是因为……

进化。自然淘汰、适者生存。

它对于个体，对于集体都是完全同等的。

留下来的才会长久存在，能长久存在的才会留下来。消失了就被淘汰了。所有生物都接受着长久的淘汰选拔。

生理道德，不同类相残的本能。

文化道德也是一样。留下来的留下来，消失的消失，理所当然。

所以，善就是留存下来，长长久久。

语言……

人类有对应的语言表达。

亚历克斯想起了正崎。

对，他是这么说的。

正义就是要不断思考。

亚历克斯小声自言自语道：

"延续……"

亚历克斯明白了。

他什么都明白了。

是啊……对……原来如此。

亚历克斯一次又一次反刍着自己的想法，重复着思想实验。

确认了自己的答案经得起十足的推敲之后，他心满意足地回味起来。

所谓的"好"……

所谓的"对"……

所谓的"善"……

原来就是"延续"。

是生物的生存，无机物的存在。就是有个东西出现了，然后一直延续下去。这个东西是什么都无所谓，只要能延续，那就是"善"。

我们把"延续"……

冠名为"善"……

亚历克斯猛然醒转过来。

他分裂的意识重新汇聚到一起，涣散的眼神聚焦回紧急指挥室。亚历克斯看向时钟，时间没变，通话才刚刚结束不久。她还在，佳苗还在。亚历克斯得告诉佳苗自己的答案，履行和她的约定。

"佳苗。"亚历克斯按下耳机通话键，对着麦克风说："山姆，再连一次线。"

"总统先生。"

耳机里传来应答，是一个女人的声音。

"山姆？"

回答他的是女人的声音：

"你做得很好。"

04:45

紧急指挥室里和乐融融。亚历克斯站起身，向门口走去。警卫自然而然地跟在他身后。

泰勒注意到了和警卫一起走上走廊的亚历克斯的背影。

"总统？"

"他是要去会议现场吧。"埃德蒙说。

"啊，峰会的第一天终于结束了……"

就在他这么感慨的时候，一个人冲到了总统刚刚坐过的地方，是被他们叫过来的调查官正崎。正崎掠夺般拿起桌上的物品，愕然地紧盯着那个东西。

是亚历克斯戴过的耳机。

"正崎？"

正崎的身体像被谁弹了一下似的瞬间绷紧，而后看向泰勒。

"快抓住总统！！"

怒号声响彻指挥室，房间里瞬间安静下来。

"危险！！现在马上去找总统！！"正崎叫喊着冲出房间，宛如一头野兽，"快来人！！"

事发突然，泰勒一时间愣住了。但他很快反应过来，在几秒钟的时间里想通了调查官喊的是什么，现在是什么情况，当即开始部署工作。

"保障总统的人身安全！赶紧联系所有警卫！"

04:46

正崎在会场里狂奔。会场示意图已经印在了他的大脑里，他知道自己要去什么地方。

要是一开始就以特别调查官的身份编入了安保小组，正崎就能和警卫人员一起合作找人了。可现在的他只是被亚历克斯叫到会场来的普通人，没有加入峰会的警卫团队，于是就只能独自往目的地所在的方向狂奔。

正崎跑到了贴着"同声传译室"的房间门外。

他犹豫了一瞬，然后将右手探入怀中。

心脏跳得飞快。他在心里默数三声，一鼓作气地打开了房门。

空气流通的瞬间，正崎闻到了烟味，随后映入眼帘的是俯趴在走廊上的两名警卫，以及开在墙上的鲜红血花。

他神色扭曲地走了进去。

走廊上一字排开的所有同传隔间都开着门。正崎先查看了第一间，两个人倒在里面。他又去看第二间，入眼的是同样的情形，第三间还是一样，第四间，第五间……同样的光景反复出现。所有人的脑袋都被手枪击穿了，他们就像是一个传一个地用两名警卫的手枪完成了自杀。

正崎抵达最后一个隔间，再次见到了三十分钟前还和自己交流过的，那个身形像熊一样的男人。

山姆·爱德华仍然维持着坐在椅子上的姿势，在自己为之奉献了整个人生的工作岗位上停止了呼吸。

"啊——"

正崎死死抵住嘴边的呻吟，再一次狂奔起来。

04:46

泰勒从博物馆的大门里冲了出来。场内的指挥已经交给了埃德蒙，泰勒要负责场外的部署。博物馆外天光微明，亮着灯的会场前方萦绕着一股祥和的气氛。工作人员、媒体记者，所有人的脸上都带着笑意。空气中还残留着阻止了少女自杀的喜悦情绪。

警卫团队的负责人走近泰勒，消息还没传到他们这边来。

"立刻集结人手，岛上的出入口也赶紧封锁起来。"

泰勒一边说，一边抬头仰望自己身后的建筑，心里想象着最坏的情形：万一他突然从上面跳下来……

移民博物馆一共有三层，由于建得宏伟壮观，每一层的高度都不容小觑。三楼的窗户离地大概十几米，要是从上面跳下来，是生是死还真不好说，而如果落地的地况不好，那肯定就无力回天了。不过，这个高度的致死率还达不到百分之百，要是楼下人手充足，能把跳下来的人接住，跳楼者就有足够的生还概率。

"安排尽可能多的人手集结到博物馆建筑周边。"

一名警卫走上前传达指令。警卫拿着通信器，对泰勒汇报说："长官，刚刚收到消息，有几个译员自杀身亡了。"

泰勒的脸色一下子绷紧。

现场确实出现了一个不可能出现的人。

"通知所有警卫！"

现在不是粉饰太平的时候了。

"杀人犯就在会场！保护好各首脑的人身安全！找到总统！"

04:46

亚历克斯独自奔跑着。

他先前下令警卫原地待命，然后趁警卫没留意，偷偷摸摸地跑开，甩掉了他们。对此，亚历克斯心怀歉疚，可他这么做也是出于无奈。那些警卫之后应该会被上级训斥吧，要是能免于被追责就好了，亚历克斯心里这么想着，却也知道那是不可能的。他懂什么叫轻重缓急。

楼梯围成螺旋上升状的四方形。亚历克斯三步并两步地往上爬，感觉自己似乎回到了久违的学生时代。自从当上总统以后，亚历克斯就再没做过这样的举动了，因为会遭训斥。

他一圈圈地往上爬，心里想着心爱的妻子和儿子。

和奥利弗打的最后一次保龄球比赛不了了之，这让亚历克斯懊悔不已。不过话虽如此，亚历克斯基本上也没有赢的可能，就算比再多次，结果估计都一样。可是，哪怕输了也没关系，亚历克斯就是想给奥利弗留下他真真正正战胜了父亲的证据，不了了之的比赛满足不了这个要求。比赛不了了之，意味着它将在没有结果的情况下一直"延续"。这么看的话，可能是一件好事吧，可这个结论又和直觉背道而驰，看来这个问题还需要再考虑考虑，亚历克斯想。

接着，亚历克斯想到了艾玛。

看来，最终还是没法解开艾玛身上的谜了，亚历克斯感到了比先前想到奥利弗时更为强烈的遗憾。无力抗拒的挫败感压在亚历克斯心

头——再也不可能挣脱方方面面都不如艾玛的自卑了。但亚历克斯可以诚实地说，现在的自己是幸福的。他可以解释其中的道理。

与艾玛生活在一起。

探索艾玛身上的谜。

这一切都从遇到艾玛的那天起才开始"延续"。

今后，他将失去这些。

今后，他将失去一切。

这太不对了。我丢弃了自己认为对的事情，准备去做不对的事情。这既不合理，也不合情，无论从哪个方面看都是错的。既然如此，我为什么要为了不对的事情，上气不接下气地爬楼梯呢?

因为我被诱惑了。

诱惑我的应该是蛇，就是《圣经》里说的那条蛇，撒旦的化身，是煽动了亚当和夏娃的那条蛇。亚当和夏娃被蛇诱惑，吃下了"智慧果"。

神说:

"分别善恶树上的果子，你不可吃，因为你吃的日子必定死。"

蛇说:

"你们不一定死! 因为神知道你们吃的日子眼睛就明亮了，你们便如神能知道善恶。"

对啊，智慧果就是——

辨别善恶的果实。

吃下就会死亡的果实。

拥有完整善性的时候，人是不会死的。体现着"延续"的亚当和夏娃是不会死的。吃下辨别善恶的果实前，人是不会死的。

可他们被邪恶诱惑，吃下了果实。曾经只知善的人类知道了恶，从此，人就有了"死亡"，还被赋予了从前没有过的"生育痛苦"。两者都是损害善性，阻碍"延续"的恶性。原来如此，我知道了。

现在，我也被邪恶诱惑了。

我知道，因为有亚当和夏娃的先例在前，我非常清楚，吃下果实是多么邪恶的事情，也知道邪恶的事情会带来什么样的后果。不管谁来怂恿，不管别人怎么说，我都不该吃那个果实，这是最正确的选择。

可他们却吃了。

然后，我也吃了。

为什么？

因为这个果实——

III 巴 比 伦
-终结-

看起来非常美味。

04:57

微亮的天光出现在眼前。

正崎奔跑着。

喧哗声逆流飘走，离他越来越远，周遭逐渐归于平静。

正崎已经离开了小岛。他跑过了连接州立公园与小岛的埃利斯岛大桥，眼下正一心奔跑在公园里的散步道上。道路两边是宽阔的草地与海湾，海上矗立着巨大雕像。

正崎一刻不停地奔跑着，朝着与人流相反的方向。

大桥已经封锁起来了。为加强警戒，增派的警官和当地的国民警卫队队员一股脑涌进了小岛，这是抓住犯人的最佳选择。正崎走的时候也被岗哨叫住了，他联系了局长布莱德汉姆，这才离开小岛。

如今，整座岛屿已经与外界完全隔离，没人进得去，也没人出得来，就是为了抓住岛上的凶犯。

正崎朝着相反的方向奔跑，心想自己已经离开了谁都出不来的小岛。

他知道，自己正在追赶的那个人也可以做到这一点。

正崎已经从布莱德汉姆那里听说了。

亚历克斯自杀了。

他没能打听到更加详细的情形。或许，现在还有把人救回来的机会。正崎殷切期盼着亚历克斯的生还，然而心里却蔓延开抵挡不住的

绝望。

对方不可能让他怀有这样的期望。

天真……

正崎在心里一次又一次地对自己说。

是我太天真了。

舍弃吧，舍弃一切吧。舍弃家人，舍弃归路，舍弃迷茫、踌躇、理智，舍弃全部的人性吧。

对方不是人类。

昏暗的散步道尽头出现了一粒小点，正崎在脚下集聚起了所有的力量。公园里的路灯灯光快速向他身后流去，小点显出了人影的形状。封锁戒严的公园里，人影正悠悠然地散着步。

听到背后的脚步声，人影回过身来。

是一个女人。

一个全身包裹在西装里的长发女人。

正崎脸上浮现出扭曲的笑意。

他一边跑，一边把手伸进了怀里，两人之间的距离不断拉近。要是离女人太远，子弹就打不中她，然而一旦靠近，他又会听到女人的讲话声。正崎心中早有预料，提前在耳朵里塞上了打枪时用的耳塞。现在，正崎几乎听不到任何声音，这样就可以……

女人的身影已经非常清晰了。正崎什么都听不见，周遭静谧无声。

正崎善拔出了枪。

"曲世！！！"

他看向枪口对面的女人，目光径直投注在女人身上，为的是击中她，然后杀死她。

女人的手变成了狐狸的形状。

狐狸的嘴巴，也就是她的指尖，就在那里一张一翕。

正崎看着女人的手。

女人手上的动作让人感到十分不适。

视野里的景物突然发生了倾斜，正崎膝盖一软，跪倒在地面上，腰间失了力气，再也维持不住原本的姿势。他就像断了线的人偶一样，面部朝下倒在了路面上，一根手指脱了力，手枪从他手里滑落出来。

正崎的表情因混乱而产生了扭曲。他不知道发生了什么，不知道自己接下来会怎么样。

旋转了九十度的视野里，女人慢慢走近。

她在正崎身旁蹲了下来，伸出手指，拔出了正崎的耳塞。

"命运。"

温热的声音传进正崎的大脑。

"我相信命运……不过，这或许还是我头一次实实在在地感受到命运的存在……"曲世爱神情陶醉地说，"没想到会在这里遇见你……"

"你做了什么？"正崎开口道。他还能说话，能思考。他的嘴巴能动，身体却完全不听指挥了。"你……做了什么？"

"做爱。"曲世爱不以为意地说，"除了这个，我也没有其他可取之处了。"

她用指尖触碰倒在地上的正崎的脸颊。

正崎觉得自己脸上的肉好像溶解了一般，变得黏糊糊的，一股恐惧在他全身上下游走。

"正崎先生啊。"女人按住正崎的脸颊，感受着脸颊的弹性，"做爱是需要两个人完成的事情。"

有什么东西从女人的指尖渗进了正崎的身体里，那是一种令他抗拒的东西。

正崎终于意识到，自己正在遭受女人的冒犯。

"两个人的互动是非常重要的。互动方式随意，可以是用眼睛看，也可以是开口说话。触碰、嗅、品尝，只要能被对方感应到，用什么方式都无所谓……"

曲世爱用指尖按着正崎的脸颊。

像是嘴里被人塞了条虫似的，呕吐感与嫌恶，不快与屈辱一齐涌上正崎喉间。

"可是，只有我一个就不行了。如果我这边做了什么，对方却不知道会因此发生什么的话，这就不能叫做爱了。要是没有真正的互动……"

曲世的指尖在正崎脸颊上滑过，触碰到他的嘴唇。

"所以，我就当了口译员。"曲世说，"我做得很开心，这份工作非常有趣……"

正崎逐渐领会了曲世话里的意思。自己现在正在体验的感觉，随同曲世的语言一起，告诉了他曲世表达的意义，绝望在他的心头蔓延。

不能触碰。

也不能听到。

还不能看到。

她就是这样的生物。

面对这种生物，他又能怎么办呢？

"嘻嘻……"

曲世的手指离开了正崎的脸颊。仿佛拔开了排水塞一样，那股令人不快的感觉也随之被她吸走，消失不见了，然而身体还是无法自由活动。正崎从正下方紧盯着曲世，一根手指都动弹不了。

"你把总统……"

"他可是自杀的呢。"

"闭嘴！！"

曲世站起身，眺望着海湾的方向。微明的天色里，N市的摩天高楼浮现在海面上。

"电视里已经播了。"曲世说，"刚刚的实况转播里，亚历克斯总统自杀的一幕传遍了全世界……正崎先生，A国总统是个非常重要的职位吧？站在这个位置上的人，应该是个有影响力，责任重大……受到所有人的小心保护，同时本人也非常清楚自身重要性的世界要员吧？所以，正崎先生，你有没有这样想过——"

曲世从衣服口袋里掏出手机，放在俯趴在地的正崎面前，手机屏幕正对着正崎的脸。

手机里在播放新闻报道。

亚历克斯的身影出现在报道画面里，就像成为首个祭品的蚱蜢。

"啊啊！！……"

"不过……失去了这个人，我觉得很可惜。"

曲世爱看着画面里被自己杀死的人说。

"这个人很厉害呢。我最后还和他说了话，虽然只有一句，不过一句就足够了。我和这个人的内心深处是连结在一起的。正崎先生，你敢相信吗？这个人发现了善和恶的意义。"

曲世爱收回了手机。

她凝视着正崎善，脸上露出天使般的微笑。

"终结。"

05:05

这是曲世爱的"自白"。

"我喜欢'终结'。"

这是最恶劣的"自白"。

"什么都行，真的。生物、非生物、有形物、无形物，什么都行。我喜欢终结，喜欢看到什么东西走向终结。正崎先生，恶就是'终结'。你是善良的人，喜欢'延续'。我是邪恶的人，喜欢'终结'。仅此而已。"

曲世爱说。

然而这个"仅此"也代表了一切。

完全无法为正常人类接纳的思想。

与一切生物逆向而行的价值观。

和所有存在于世的事物背道而驰。

"终结。"

"恶。"

"正崎先生。"

曲世爱蹲在了正崎面前。

眼前的这个人是恶人，她喜欢终结，期盼终结。

正崎此刻能想到的只有一件事。

我要终结了吗？

我要被她终结了吗？

乐见毁灭的女人吐出一口温热的气息。

"现在还不会。"

曲世说，似乎是听到了正崎心里的声音。

"命运，这就是命运啊……在遥远的海外再次见到正崎先生，难道不是命运的授意吗？命运告诉我，正崎先生是能够理解我的人。正崎先生……多去认识恶吧，多去理解恶吧，毕竟，终结真的是一件非常棒的事情啊……"

曲世爱说着，开始思考起什么来。

她在思考的，是恶。

突然，曲世爱看向正崎的眼睛。

正崎悚然一惊，脸色下意识地产生了扭曲。

看到正崎的反应，曲世诡异地笑了。

两人在这一瞬间的互动，无疑就是交合。

"正崎先生，"曲世开心地说，"你的西装口袋里是不是放了死也不想让我看到的东西？"

曲世伸出了手。

正崎害怕了。他想挣脱，想逃跑，身体却动弹不得。

"不要。"

曲世没有理会，任凭正崎的话音消失在空气里。她的手在正崎胸口附近摸索着，从他怀里抽出了一个东西。

照片里，正崎人美与正崎明日马灿烂地笑着。

"曲世！！"

正崎几近癫狂。

看着世界上第一"善良"的家人合照，曲世爱微笑起来。

（未完待续）

本故事纯属虚构，与现实中的人物、团体一概无关。

BABYLON SAN OWARI

© Mado Nozaki 2017

All rights reserved.

Original Japanese edition published by KODANSHA LTD.

Publication rights for Simplified Chinese character edition arranged with KODANSHA LTD.

through KODANSHA BEIJING CULTURE LTD. Beijing, China

本书由日本讲谈社正式授权，版权所有，

未经书面同意，不得以任何方式做全面或局部翻印、仿制或转载。

图书在版编目（CIP）数据

巴比伦 . Ⅲ , 终结 / (日) 野崎惑著；王星星译
. -- 北京：台海出版社 , 2021.4
ISBN 978-7-5168-2914-1

Ⅰ . ①巴… Ⅱ . ①野… ②王… Ⅲ . ①推理小说 - 日
本 - 现代 Ⅳ . ① I313.45

中国版本图书馆 CIP 数据核字 (2021) 第 041166 号

版权合同登记号　图字：01-2020-7737

巴比伦 Ⅲ 终结

著　者：[日] 野崎惑　　　　　译　者：王星星

出 版 人：蔡　旭　　　　　封面设计：MF
责任编辑：王　萍

出版发行：台海出版社
地　　址：北京市东城区景山东街 20 号　　邮政编码：100009
电　　话：010-64041652（发行、邮购）
传　　真：010-84045799（总编室）
网　　址：www.taimeng.org.cn/thcbs/default.htm
E - mail：thcbs@126.com

经　　销：全国各地新华书店
印　　刷：北京盛通印刷股份有限公司
本书如有破损、缺页、装订错误，请与本社联系调换

开　　本：880 毫米 ×1230 毫米　　　1/32
字　　数：199 千字　　　　　　　　印　张：8.5
版　　次：2021 年 4 月第 1 版　　　印　次：2021 年 4 月第 1 次印刷
书　　号：ISBN 978-7-5168-2914-1

定　　价：42.00 元

版权所有　　翻印必究